再見的彼岸

さよなら
の向う側

清水晴木

Haruki Shimizu

Goodbye, My Dear

目次

第一話 Heroes …… 005
第二話 浪蕩子 …… 065
第三話 任性的你 …… 113
第四話 再見的彼岸 …… 151
第五話 漫長歲月 …… 223

登場人物

櫻庭彩子……中學理科老師
山脇浩一……喜歡酒和怪獸電影
伊勢谷幸太郎……喜歡散步與午睡
神樂美咲……藝術家。「平裝本」樂團主唱
谷口健司……郵局職員

第一話 Heroes

「妳想和誰見最後一面？」

櫻庭彩子從沉睡中醒來時，站在她面前的男人如此問道。

彩子沒有回答這個問題。正確地說，她答不上來。此刻的她，正竭盡全力想釐清自己所遭遇的狀況。

「妳知道這裡是哪裡嗎？」

男人似乎很快察覺彩子的心思，繼續用溫柔的語氣問道。彩子打量周圍，眼前是空無一物的乳白色空間，她以前從來沒有來過這種地方，這片空間彷彿是一個空洞。

彩子和男人就身處這樣的空間。

於是，男人回答自己剛才的提問。

「這裡是『再見的彼岸』。」

「再見的彼岸……」

彩子重複男人的話。

「我是這裡的引路人。」

「引路人……」

彩子的腦袋一片空白，只是重複著男人說的話。

她試圖藉由咀嚼男人的話，努力理解眼前的狀況。

我為什麼在這裡？

再見的彼岸到底是怎麼回事？

引路人又是什麼意思？

當她思考到這裡時，想起一件事。

「啊，我已經……」

這是她唯一理解的事實。

「我已經死了，對不對？」

引路人緩緩點頭。

◆

「妳離開現世已經一個星期，妳之所以會來到『再見的彼岸』，是因為妳還有『最後一面』。」

彩子聽到眼前男人所說的話後微微歪著頭，似乎難以理解。

「……最後一面？不好意思，我完全聽不懂你剛才說的什麼『再見的彼岸』，還有『引路人』。」

引路人發現彩子的困惑，恍然大悟，立刻向她鞠躬。

「不好意思，我的說明太倉促了。我們的宗旨是必須詳盡仔細地說明，我真是太失禮了。」

引路人說完，把手伸向夾克胸前的口袋。彩子不由得緊張起來，不知道他會拿出什麼東西，沒想到引路人面帶微笑地拿出讓她很意外的東西。

「先喘口氣吧。」

他手上拿著一罐咖啡，而且是關東地區，尤其是千葉縣和茨城縣住民都很熟悉的黃色罐裝Georgia Max Coffee，俗稱Max。

「……謝謝。」

彩子打開蓋子喝了一口，甜味在嘴裡擴散。這種甜味正是Max咖啡的最大特徵。彩子覺得自己喝下熟悉的咖啡後，心情終於恢復平靜。

她觀察注視著眼前的引路人。他說話慢條斯理，舉手投足溫文儒雅。身材修長，眼尾下垂的雙眼有一種親切感。身處引導亡者的立場，比起死神，稱他為引路人似乎更適合。

他一頭像是銀色的白髮很引人注目，但彩子探頭看向他的臉，覺得他和三十歲的自己並沒有太大的差別，只不過她不太清楚再見彼岸的引路人是否有所謂年齡的概念。

那個引路人喝了一口咖啡後對彩子說：

「我覺得妳在最後時刻很勇敢。」

突然聽到這樣的稱讚，彩子並沒有感到心滿意足。

「……與其說勇敢，還不如說是魯莽，不，就算你說我愚蠢，我也完全不介意。」

「不，妳怎麼可能愚蠢？我覺得妳是英雄。」

「英雄喔……」

雖然被說是英雄，但彩子內心仍完全沒有任何感觸。她生前最後的行為並非基於強烈的正義感，只是身體的自然反應。在那個瞬間之前，她完全沒有想到自己會以這種方式迎接死亡。

彩子救了一隻衝到馬路上的小狗，而且那並不是自己飼養的狗。她買完晚餐食材的回家路上，看到一名差不多是小學生年紀的男孩，他帶出門散步的小狗衝到眼前的馬路上。她從逼近的貨車輪子下救了小狗一命，但自己卻因此喪生。

彩子在意識漸漸失去時，最後看到的是流著淚的男孩和小狗。

男孩哭泣的臉讓她想到兒子。

櫻庭優太。

年幼的兒子才四歲。自己還來不及看到他揹書包上學，就離開這個世界，把他和丈夫宏隆一起留在那個世界——

「……謝謝款待。」

這罐咖啡稱不上是最後的晚餐。彩子這麼想著，喝完Max咖啡，但是引路人手上的咖啡還剩下一大半。

「你喝得真慢。」彩子說。

「我不是喝得慢，」引路人說完這句話，又喝了一口咖啡後，回答：「而是在細細品嚐。」

聽到他的回答，彩子覺得自己一口氣喝完很丟臉。雖然其實她並沒有做錯任何事。

「嗯，今天的一樣很好喝。」

引路人喝完最後一口時說道。雖然彩子對他說的「今天的一樣很好喝」這句話有點好奇，但她發現引路人真的很愛Max咖啡。

「我已經休息好了，現在想瞭解一下你剛才說，我還有『最後一面』這件事，可以嗎？」

引路人看到彩子冷靜發問的樣子，顯得有些意外。

「彩子，沒想到妳這麼快就恢復平靜。來這裡的人，十之八九因為深受打擊而哭個不停。」

「是嗎？」

「是啊，還有人無法接受自己的死，對著我大吼大叫，甚至有人氣得用咖啡罐丟我。」

彩子聽了引路人的回答，輕輕點頭。

「嗯，我能夠理解他們的心情。雖然我看起來很平靜，但其實還是很受打擊。」

這是彩子的真心話，但她同時已經坦然接受。

「……死亡雖然很可怕，但既然已經死了，就沒什麼好怕的，難道不是嗎？更何況現在已經無能為力。這有點像運動會的賽跑，在開始之前心跳加速，緊張得不得了，但起跑的槍聲一響，衝出去之後，就沒什麼好怕的，跑完之後，甚至還有心情尋找來為自己加油的父母身影。」

「彩子，妳是一個理性的人。」

「別看我這樣，我是中學的理科老師。」

「難怪我覺得妳說話條理分明。」

然而，就算能夠這樣冷靜說明，只要認真思考自己已經離開現世這個事實，恐怕幾分鐘內就會崩潰。也可能是自己藉由坦然接受，避免直接思考這個問題。畢竟以前從來沒有想過，人生會就這樣突然畫上句點。

她自認從小到大，都老老實實做人。學生時代讀書還算用功，為了避免增加父母的負擔，申請到獎助學金，打工的錢都用於學費。從大學教育系畢業後，完成學生時代的夢想，當了八年的老師。自己正值壯年，工作上終於有了餘裕，能夠真正樂在其中。私生活很順利，和在大學天文社認識的宏隆結婚已經五年，只不過這一切都突然被打上休止符，做夢也沒有想到，自己的人生會以這種方式結束。

三十年的歲月未免太短暫。

更沒有想到自己人生的最後，是為了救小狗而發生意外——

她甚至無法跟丈夫和兒子道別。

「……引路人。」

彩子開口，努力想要甩開在內心翻騰的思緒，現在要努力向前看，心情才會比較輕鬆。騎腳踏車時，如果雙腳無法碰地，繼續往前騎比停在原地更穩。彩子用這種方式說服自己。

即使是現在，仍然有一線希望。那就是引路人剛才提到的『最後一面』。從字面上理解，似乎還可以和某個人再見一面。也就是說，或許可以見到優太和宏隆。她之所以催促引路人說明，就是帶著一絲這樣的期待。拜託了，不要熄滅前方的燈光。

「……請你告訴我，『最後一面』是什麼意思？」

引路人聽了彩子的問題，重重點頭後回答：

「『最後一面』就是在離開現世之後，來到再見彼岸的人，獲得可以和現世的人見最後一面的時間。時間是二十四小時，妳有整整一天的時間。」

「可以見最後一面……而且有整整一天……」

希望之光閃閃發亮。彩子的預料並沒有錯，而且時間比她想像中更多。彩子的腦海中再次浮現優太和宏隆的臉龐。

「對，別人能夠看到妳，可以碰觸妳，你們可以交談，妳的外表也和生前沒有任何不同。」

但是，引路人說到這裡，臉上浮現愁容。

「……只不過，有一個條件。」

彩子聽到引路人說這句話時，內心亮起的燈光微微搖晃起來。

「妳只能和還不知道妳已經死去的人見面。」

內心的燈光熄滅了。

◆

「……這實在太不合理了！我已經死去一個星期，還辦了葬禮，既然這樣，那麼就算給我再多的時間，可以回到現世和親朋好友見面也都沒用啊，說到底我既不能和家人、朋友見面，甚至不能和其他認識的人見面！」

引路人聽到彩子的話，只能滿是歉意地點頭。彩子難掩氣憤地繼續說道：

「……上天到底要作弄人到什麼程度？為什麼我無法和想見的人見面？雖說可

以回到現世，但如果無法見到自己發自內心想見的人，根本就失去了意義。」

「……妳說的完全正確。對不起。」

引路人神情複雜。他似乎在代替別人道歉，而且好像和她同樣憤慨。

彩子看到引路人神色，知道並不是他制定出這麼殘酷的規定，而是原本就這麼規定。就好像這個世界上的道理，就只能接受而已。

「關於為什麼會制定這樣的規定……」

引路人開始向她說明，似乎想要安慰她。

「不知道妳之前有沒有聽過這種說法，每個人都會死兩次，一次是離開現世的時候，另一次是被人遺忘的時候。」

「……的確聽過類似的話。」

「其實這句話已經說到重點。現在的妳，已經是在現世失去實體，很朦朧的存在，只能靠別人的記憶和認識，勉強維持外形，正因為這樣，如果已經得知妳死去的人，遇到了已經離開現世的妳，就會強烈地認為『彩子不可能還在這個世上！』在那個瞬間，對方的記憶和認識就會產生極大的落差，妳就無法繼續在現世維持原來的樣子。」

「……你的意思是，如果遇見已經得知我死去的家人，我就會馬上從現世消失，強制性地被送回這裡嗎？」

「是啊，之前曾經有人堅持要和知道他已經死去的人見面，結果只在對方面前出現一瞬間，就馬上消失了。」

「……是不是會被當成幽靈？被認為是靈異現象。」

「沒錯。」

「原來是這麼一回事……」

彩子聽到引路人解釋後，內心的各種疑問漸漸消除。如果真的發生離開現世的人可以和現世的人見面，就會引起重大問題，但是如果按照「最後見面」的規定，情況便有所不同。「最後見面」這件事之所以沒有在現世引起重大問題，就是因為規定只能和還不知道亡者死去的人見面。那些只現身瞬間就消失的人，就好像經常聽說已經去世的祖父出現在自己床邊之類的事一樣，可以用這種方式說明。

也許因為自己是理組的人，因此不太喜歡用這種單純的方式分類，但是，只有在內心建立合情合理的邏輯之後，她才開始相信這個叫再見彼岸的地方，以及最後一面的事。這種感覺有點像是在特賣時，聽到店員說「其實在肉眼看不到的地方有勾線造成的瑕疵」一樣。知道問題點在哪裡，才能夠安心購買。

「但是，既然這樣……」

只不過彩子不知道接下來該怎麼辦。

「……那我要去和誰見最後一面。」

家人、親戚和好友一定都知道自己已經亡故。另一方面，她並不想去見根本沒有通知來參加葬禮的人，更何況如果去見這樣的對象，對方一定覺得很困擾。

她想見的人非常確定。

只不過她無法去見心愛的人。

所以才必須另想他人。

彩子絞盡腦汁，在腦海中搜尋著。

我想見的人——

「……我還是想見我的家人。」

彩子想不出其他人。

她尤其擔心兒子優太。優太才四歲，正是愛撒嬌的年紀，對彩子來說，優太是最重要的人。

引路人見狀，向彩子提出一個方案。

「無論如何，都不能讓對方知道妳仍然在這個世界，也就是說，如果變裝一下，讓妳的家人無法察覺是妳，你們就可以見面……」

「……但是，假使變裝出現，如果我不能表明身分，不是就失去了意義嗎？如果我假扮成別人，那也就等於無法真正擁抱優太了，不是嗎？我還沒有好好向他道別……」

「……優太是妳兒子吧？」

「你已經知道我的家庭成員了吧？」

「對，我對來這裡的人的狀況略知一二……」

「……在優太出生之前，原本想為他取勇氣的勇這個字，想取名為勇太。」

「原來是這樣，這件事我就不知道了。」

「……但是，當我把他抱在懷裡時，馬上改變心意。」

希望他成為一個溫柔體貼的孩子，希望他以後成為一個溫暖的人，寬大厚道的人。當初基於這種想法，所以改成『優太』這個名字。優太人如其名，的確是一個溫柔體貼的孩子，只不過也有令人擔心的事。優太向來很少有自我主見，和他同齡的孩子都會吵吵鬧鬧，央求著要做這個或是做那個，但相同的情況從來不曾發生在優太身上。正確地說，優太似乎對任何事都沒什麼興趣，連身為父母的彩子和宏隆都忍不住為這件事感到擔心。雖然優太曾經去上過游泳課、英語會話課，也試過鋼琴課，但他完全沒有興趣，問他：「要不要繼續去上課？」他總是回答：「沒事。」然後就沒有再去上課。

不知道優太從哪裡學來這句「沒事」，最近成為他的口頭禪，而且他只用來表達否定的意思，所以每次聽到優太說「沒事」，彩子都覺得很有事。

「原來妳想見的只有家人……」

引路人只是嘀咕，並沒有說出彩子所期待的妙計，於是彩子提問：

「……既然只要變裝不讓對方發現是我，就可以見面，那如果我不出現在家人面前，只是遠遠地看著他們，應該沒有違反規定吧？」

這是苦肉計。但是彩子目前只能想到這種方法。

「是的。如果是這種情況，對方的認知不會改變，因此沒有問題。但是，即使妳不再和任何人見最後一面，當妳回到現世的那一瞬間，二十四小時就開始計時。而且我剛才提過，當妳回到現世時，妳的外形和周圍人沒有任何不同，就算不是妳的家人，如果偶然遇到知道妳已經死去的人，最後一面的時間就會強制結束。」

雖然如此，不過彩子完全沒有猶豫。

「沒關係。」

她只想見到家人。

即使無法對家人說出任何一句道別的話，仍然想見一見他們。

「我明白了，那就這麼辦。妳可以在回到現世的時間入，決定妳想見的人。」

引路人似乎重新做好準備，說聲「那就開始吧」。一切都準備就緒了嗎？引路人把手伸進胸前口袋，彩子以為他會拿出什麼神奇的道具，帶領她去現世。

但是，她的期待落空。

「出發之前，要不要再休息一下？」

引路人又拿出Max咖啡。

「我已經休息夠了，擇日不如撞日，心動不如馬上行動。」

「俗話也說，守得雲開見月明，靜待花開終有時。」

「好事不宜遲，打鐵要趁熱。」

「欲速則不達……」

「先下手為強。」

彩子表現出毫不示弱的氣勢，引路人終於打住。

「……妳真的是理科老師嗎？」

「國文是我第二拿手的科目。」

引路人聽到她的回答，把剛才拿出來的Max咖啡放回胸前口袋，似乎認輸了。

彩子覺得這個引路人已經不是悠哉，而是有一種不食人間煙火的感覺。難道是因為他生活在這個空無一物，讓人忘了時間存在的空間，會變成這種性格嗎？彩子內心浮現另一個疑問。他到底多愛甜食？連續喝兩罐Max咖啡，足以證明他超愛甜食。

「櫻庭彩子小姐，那就請妳回去現世。」

引路人沒有察覺彩子內心的想法，打個清脆的響指，空無一物的空間內出現一道門。

那是一道老舊的木門。

差不多是剛好容納一個人通過的尺寸。

雖然那扇門外表看起來很普通，但出現在這個乳白色的空間內，有一種不協調的感覺，好像即將走進童話故事的世界。

「請跟我來。」

引路人示意她走去門前。

彩子毫不猶豫打開門，踏出一步。

下一剎那，白光籠罩住她的身體——

○

好刺眼。這是最初的感覺。是陽光。抬頭看向天空，是一片清澈透明的藍天。還有地面。我的手放在地上。我嗅到了氣味。是泥土的香氣和向日葵的花香。接著聽到聲音。那是蟬鳴聲，還有冷氣室外機的聲音。

雖然不知道原因，但我藉由這個感覺，確信自己回到現世。但這裡是哪裡……

「啊！」

我立刻知道了答案，然後離開旁邊的窗戶，躲去暗處。

——這是我家。

而且是我家的院子，客廳就在眼前。引路人為什麼偏偏把我帶回這裡，萬一被優太和老公看到，一切就會泡湯，我馬上就會被送回剛才的地方，接下來要格外小心……

我用力深呼吸，努力讓自己平靜下來。沒事，我只是先觀察一下。一開始還是小心謹慎為上。我確認周圍沒有人的同時，緩緩向屋內張望。

眼前是紗窗，我決定從斜下方窺視屋內的情況。

但是，我很快就看到了期盼的景象。我從窗簾的縫隙中，看到——

「優太……」

優太坐在客廳內。他獨自玩著積木，靜靜地把一塊又一塊積木堆疊起來，但並不是要用這些積木做些什麼東西。

堆了七、八個後，積木倒下。優太並沒有發出叫聲，只是再次一個又一個默默撿起地上的積木。

電腦紅王的公仔倒在房間角落，那是優太唯一曾經熱衷的玩具。也許是由於他會嚴重暈車，因此對大部分男生都很喜愛的車子沒有興趣，但是他很嚮往超級英雄，開始喜歡穿紅色衣服，那個公仔是他在聖誕節時許願的禮物。

剛收到那個公仔時，他每天都抱著睡覺，早上起床的第一件事，就開始尋找因為他的睡姿不佳，不知道被踢去哪裡的公仔。但是，他現在可能已經對那個公仔沒有興趣。英雄臉朝下地趴在房間角落，優太身上穿的是一件灰色T恤。

這時，我迫切想見到的另一個人走進客廳。

「……優太，你今天有沒有想吃什麼？」

——是宏隆。他看起來似乎瘦了一些。

我看到他指尖包著繃帶，又發現桌上放著針線盒。可能是幼稚園的活動需要縫什麼東西。難道宏隆不得不開始做他根本不擅長的針線活了嗎？

我真的死得太突然了，宏隆一定心力交瘁。我竟然為了救別人家的寵物而送命，也許宏隆很想好好數落我一頓。

如果我現在能夠出現在宏隆面前，我想對他說的第一句話是什麼？

「對不起。」這句道歉的話立刻浮現在我的腦海。

雖然無論道歉再多都不夠，但是我只能道歉。

如果可以，我很希望馬上當面向他道歉。

但是，我連這件事都做不到。

為什麼？剛才還沒有這麼難過，但現在心如刀割。照理說，我的身體已經漸漸失去實體，但身體深處，仍然感受到疼痛。

「……吃什麼呢？」

優太聽到宏隆的問話後反問。
正確地說，他只是有口無心地嘀咕著。
「……不知道媽媽想吃什麼。」
「優太……」
在宏隆情不自禁地叫著優太的同時，我也呼喚著他的名字。
「……媽媽去了遙遠的地方。」
「遙遠？」
「嗯。」
宏隆抱起優太。
「媽媽去了一個遙遠的星球，但是媽媽會永遠守護你。」
宏隆溫柔地撫摸著優太的後背，他說話的聲音聽起來好像在唸繪本給優太聽。
優太輕輕點頭。
原來我不是變成星星，而是去了遙遠的星球——
我覺得這種說明很像是宏隆的作風。我想起大學時代，那時候我們經常用天文望遠鏡觀測遠方的星球，然後盡情談論對未知生物的幻想。

優太出生之後，我們一家三口還去過大網的白里海岸觀星。從位於幕張的家中出發，駛上千葉東金道路，不出一個小時就到了。

我記得那天下著雨。優太哭鬧著，宏隆有點不開心，但是，如今這件往事成為寶貴的回憶之一……

「好，那今天就大手筆，去吃烤肉好不好？你想吃牛排也沒問題。」

宏隆用和剛才完全不同的聲音提議道。

「沒事。吃漢堡排就好。」

優太用他的口頭禪回答，宏隆用力摸著優太的頭說：

「……那爸爸就帶你去漢堡排餐廳去吃大餐，那是美國漢堡排餐廳在日本開的第一家分店，很紅很紅喔。」

宏隆緊緊抱著優太。

「很棒吧，優太……」

為什麼我無法加入他們？

我很想跑向他們。
然後緊緊擁抱他們。
雖然他們近在咫尺，卻是遙不可及的距離。
明明無法和他們見面，我卻仍然選擇回來家裡。這是錯誤的決定嗎？
明明近在眼前，我們卻無法說話，簡直就像是我染上了什麼危險的病毒。
雖然回到現世，卻無法和心愛的人見面的這個世界，竟然如此痛苦——
「宏隆、優太……對不起。」
我的眼淚撲簌簌地流下。
無法用一聲「對不起」道盡的感情變成淚水流下。

○

「……我說，引路人先生，這太過分了。」
「啊？請問是哪一件事？但無論是哪一件事，反正我都向妳道歉。」

「我覺得在瞭解內容之前就先道歉的做法似乎有問題，而且你還說什麼『反正』。」

「那是因為我學會先下手為強。」

引路人說完這句話，瞇眼一笑。我原本想抱怨，但是看到他悠然自得的樣子，怒氣也消逝了。他的這種態度似乎帶走我的悲傷，而且要耍嘴皮子，心情便不會那麼沉重。

「……你讓我回到現世時，突然出現在自家的院子，如果宏隆和優太馬上看到我，我不是就立刻出局了嗎？根本會毀掉我的最後一面，你要怎麼賠我？我原本打算抱怨這件事，但現在不想說了。」

「但妳不是全都說了？」

那倒是。

看來我的怒氣並沒有消逝。

「下一次小心點。」

「為了避免再次發生相同的情況，所以我們現在不是一路都用走的嗎？偶爾慢慢散步也不錯。」

引路人慢條斯理地說。雖然他說是「偶然」，但我猜想他每天都希望慢慢行動，我也想小心行事。

我在離開家之後，對引路人說，希望他帶我去某個人所在的地方。

「就是這裡……」

眼前是位在總武線幕張車站附近的一棟公寓，這裡有我除了家人以外，想要見的人。

「石橋信良先生是妳國中時的班導師。」

「沒錯，我是因為遇見石橋老師，才想要成為中學老師。他是我心目中的理想老師，而且他救了當時的我……」

——或許我經歷的事很常見。中學生是青春期中最難搞的時期。這個時期的女生，就像肥皂泡一樣脆弱，但同時具有像玻璃碎片般的尖銳，近似霸凌的行為每週都發生在不同的人身上。

這種霸凌行為簡直就像在傳接力棒，二年級暑假前，輪到了我的好朋友。雖說是霸凌，但並不是拳打腳踢之類的暴力行為，而是完全不理不睬，簡直就像是被當成空氣，但是遠處又傳來竊竊私語聲，接著是意味深長的笑聲。搞不清楚那些人為什麼笑；這種霸凌行為帶有某種遊戲的性質，因此霸凌者一定覺得很好玩，只不過遭到霸凌的人會無法承受，根本不是「精神壓力」這麼簡單的事。當那把刀子砍向我的好朋友……

我決定和那把刀對抗。我認為必須杜絕這種惡習，這種惡意的接力棒不能繼續傳下去。

但是，一介中學生的能力有限，在國中女生的小圈圈中，一旦屬於少數派，日子註定會很難過。不到一個星期，我就淪為霸凌的新目標。接力棒傳到我的手上，但沒有接棒的人，再者我也不想交出去。這是我的倔強。我從小就不認輸，有強烈的正義感。但是，我差一點失敗。我不能把接力棒塞回前一棒的人手上，因此無法和好朋友討論這件事。這時，石橋老師出現了。

他發現班上的狀況後，立刻出面解決。雖然遇到這種事，有時候大人介入，反而會導致事態惡化，但石橋老師是資深老師，處理這方面狀況的手腕很高超。他明確界定了當事人之間的關係，制定出避免事態惡化的規定，終於將問題解決。

石橋老師是我眼中的英雄，我立志成為中學老師，是理所當然的發展。

即便是現在，石橋老師也一定會教導我。就算我已經死了——

「我已經十年沒有見到老師，老師可能會嚇一跳。」

我有一半期待，更有一半緊張。

要和老師聊什麼呢？石橋老師應該知道我已經成為老師，但恐怕不知道我已經結婚、生了孩子。

我發現自己在這次的「最後一面」中，第一次感到激動。

——雖然最後並沒有見到石橋老師。

○

我完全沒有想到眼前的情況。

也許已經超過想像，但是仔細思考之後，又覺得並不意外。

「……家父在兩年前去世了。」

我對著佛壇前的遺照合掌祭拜後，石橋老師的女兒這麼告訴我。

老師已經離開人世。

那是兩年前的事。

我完全不知情。

「他去救溺水的孩子……」

「老師去救小孩子……」

在這個空間內，只有遺照中的老師面露笑容。

老師的女兒注視著遺照中的老師繼續說道。

「爸爸在每天散步的河岸邊，看到一群小孩子大聲呼救，於是跑過去，看到有小孩子溺水……」

老師女兒的聲音變得更加低沉。

「那個孩子得救了，但是爸爸……」

「原來是這樣……」

雖然最初感到驚訝，但我漸漸覺得並不難理解。

石橋老師看到小孩子溺水，的確會毫不猶豫地跳水救人。

老師就是這樣的人。

比起自己，他總是更優先為他人著想。

「那是我女兒出生後，剛滿兩歲的時候……溺水的那個孩子六歲，雖然和我女兒年紀不同，但也許他覺得那孩子就像是自己的孫子。警方說，爸爸在最後時刻很勇敢，我也覺得這樣的選擇很像是爸爸的作風，他向來很正直，很有正義感……」

有人對我說過同樣的話。我第一次見到引路人時，他曾經這麼對我說，也說我在最後時刻很勇敢。

我當時怎麼回答？我說即便他說我魯莽和愚蠢，我也完全不介意。但是，我對石橋老師的行為完全沒有這種想法，不可能有這種想法。

最後時刻很勇敢。

石橋老師直到生命的最後一刻，都是英雄。

「她是阿公的朋友嗎？」
正在房間角落玩玩具的女孩看著我問道。
「紗衣，她不是阿公的朋友，是阿公的學生。」
原來那個女孩叫紗衣。
「學生？」
「對妳來說太難了嗎？」
她聽不懂很正常，畢竟她才四歲。
「妳的阿公以前很照顧我，他是我的恩人。」
「恩人……」
「就是很重要的人。」
「很重要的人。」
紗衣似乎能夠理解這句話，心滿意足地點點頭。
她露出笑容的臉龐，似乎有老師的影子。
「紗衣還不太瞭解阿公已經去世這件事，這也沒辦法，而且我覺得這樣反而比較好，她比較不會難過，只要以後慢慢瞭解就好……」

「也許真的是這樣……」

「紗衣，妳要不要先去隔壁玩？」

老師的女兒向我輕輕點頭，然後帶著紗衣走去隔壁房間。

我獨自留在房間內，再次看向佛壇上老師的遺照。

「……老師，請問這是為什麼？」

我情不自禁地問道。

「……難道這就是英雄的命運嗎？」

我的英雄離開了人世。

崇拜英雄的我，也離開了這個世界。

「……上天不僅很愛作弄人，而且還很任性，難道祂想把英雄留在自己身邊嗎？」

老師沒有回答我。

○

回程時，我繞了遠路。

但是仔細一想，發現我根本無家可歸，繞遠路的說法並不正確，純粹只是四處遊蕩而已。

我來到花見川的河岸。那是老師救起溺水孩子的地方。如今這裡完全感受不到曾經發生過這種事，只有河水緩慢流動，彷彿日常的每一天在流逝。

我坐在河岸旁的水泥台階上，茫然注視著河面。

老師的去世，的確在我內心深處產生了某些影響。

「……石橋老師真的是一位英雄。」

坐在我身旁的引路人抬頭看著天空說道。

「……嗯，我也真心這麼認為。這個世界，一定有很多人受過老師的幫助，那些曾經受過老師幫助的人，又樂於幫助別人。」

我也仰頭看著天空。

遠方的天空中，飄浮著夏日的積雨雲。

「所以，這個世界應該比老師出生之前變好很多。」

「妳像石橋老師一樣，幫助了別人。」

「只不過我救的不是人，而是一隻小狗……」

「我認為妳很了不起。」

引路人揚起燦爛的笑容，發自內心這麼對我說，似乎在稱讚我。

「……了不起嗎？」

其實我只要默默接受這句稱讚就好。

但是我──

「……我並不想成為了不起的人。」

「啊？」

「……我……我無法成為像老師那樣的英雄。」

這是我一直以來的想法。

無論我再怎麼努力，都不可能成為英雄。

「……為什麼？」

「……剛才去老師家時，我就這麼想了。」

我吐露原本不想說的心裡話。

「……我剛才很嫉妒老師的女兒。」

「嫉妒……」

「她的年紀和我差不多，有一個四歲的孩子。我自認為一直在想老師，但其實腦海角落在想老師女兒的事，然後很嫉妒她。她有未來，可以走向未來，和家人一起生活，我太羨慕她了……」

內心的想法情不自禁脫口而出。

「……我並不是什麼英雄，我不想當什麼英雄！我只想活下去！只想和優太、宏隆……和他們一起生活……」

淚水失控，不停地滴落。

第一次見到引路人時，他說我很快就恢復鎮定。

當時我並沒有隱藏自己的感情。

只不過那時候沒有真實感。
回到家中，看到家人，然後又得知了老師的死訊，和活在現世的人產生交流之後，我才終於面對自己的死亡。
我已經無法再回到這個世界。
無論如何，都無法再改變過去。
如果那天我去其他超市買菜——
如果回家路上先去其他地方，錯開那個時間——
如果有人拉住我的手臂——
這種毫無意義、假設性的選項不停地浮現在我的腦海，然後又消失不見。
但是，越想只是越空虛而已。
我無法再見到家人和朋友。
無法再見到心愛的人。
永遠都見不到了——
「……彩子。」

引路人等我哭完之後叫喚我，然後以溫柔的語氣說出意料之外的話。

「妳看，那裡有蝴蝶在飛。」

「啊？」

「還有虎耳草和夏水仙都綻放出漂亮的花朵。」

我看向引路人手指的方向，發現堤防上的確綻放著白色小花和漂亮的粉紅色花朵，白色蝴蝶在鮮花的上方飛舞。

我和引路人一起看著這片景象，直到臉上的淚痕乾了。

「偶爾像這樣坐著發呆很不錯。」

引路人再次開口說道。

「……你不是偶爾，應該總是在發呆吧？」

「並沒有喔，而且我並沒有發呆，而是在細細體會每一刻、每一分的時間。」

「……第一次喝Max咖啡時，你說過類似的話。」

「對啊，我的確在細細品嚐，無論咖啡和人生，都充分感受著，度過每一天……不，我和妳一樣，都已經死了，這樣的話『度過每一天』的說法正確嗎？」

「……你以前和我一樣，只是普通人嗎？」

「對，我是普通人，是這個世界上的平凡人之一。」

我終於知道為什麼第一次看到他時，覺得比起死神，他更適合引路人的感覺了。因為他以前和我一樣，只是普通人，而且和我一樣，已經死了……

「……原本以為你只是悠哉的人，沒想到你經歷過很多事。」

「我好久沒有聽到悠哉這兩個字了，但是我並不否認，我並不討厭悠哉過日子，也不討厭等待……」

引路人看著遠方的表情帶著一絲寂寞。我第一次看到他這樣的神情。不知道他在想什麼。我無法猜測他的內心。

所以，我對他這麼說：

「……即使是看似悠哉的人，倘若敲擊他們的內心深處，也會聽到悲傷的聲音。」

「彩子，妳真的是……」

「我是理科老師。」

我搶先回答。

引路人瞇眼一笑。

「但是，妳會引用夏目漱石的文句，簡直就像是國文老師。這句話是出自《我是貓》這部作品吧？」

「引路人先生，你很懂嘛。這是石橋老師教我的，是我最愛的一句話。我經常引用這句話教學生，但很少有學生能夠體會其中的意思，我覺得很對不起石橋老師，也很對不起夏目漱石。」

「我猜想石橋老師當年應該也覺得沒有學生能夠體會，我相信一定可以傳達給該傳達的學生，就好像石橋老師當年傳達給妳一樣。」

引路人說完，輕輕拍了自己的胸口兩次。不知道是否有聲音發出來，而且我也不知道那裡是不是他的內心深處。

但是，我忍不住確認引路人說的話。我是否像石橋老師當年幫助我一樣，曾經對學生有所幫助嗎？果真如此的話，那就是我身為老師莫大的幸福。因為這代表我把石橋老師從別人手上接過的接力棒，順利地交出去。

「……接下來該怎麼辦呢？」

我說出內心的想法後，心情很舒暢。

和最初時一樣，我終於能夠思考接下來的事。我相信說出內心想法是必要，也是重要的作業。

「最後一面的時間還有一半以上。」

「也可以說，已經快過了一半的時間。」

太陽開始西沉，明天早上，我就會從現世消失。我希望能夠在此之前，有效運用剩下的時間。

雖然的確還有超過一半的時間，但我仍然覺得剩下的時間「只有」一半了。

「啊，如果我事先調查一下石橋老師的事，或許就可以避免妳這麼難過了，對不起……」

「你不覺得道歉的時間點有點奇怪嗎？」

「我覺得現在提這件事，妳不至於太生氣。」

「真受不了，至今為止，你應該為很多人引過路，但疏失實在太多了……」

「嘿嘿嘿，對不起。」引路人輕輕笑了，微微鞠躬。他真的很我行我素，但正因為他從一開始就這樣，所以我不至於太悲傷。不知道他至今為止，曾經用這種方式為多少人送行？雖然我很好奇這件事，但是眼前必須先思考要去見最後一面的對象。

接下來完全取決於我。

到底該去和誰見面呢？

我以前認識的人。

但是又不知道我死訊的人。

以及我最後想見的人——

我在腦海中翻找。

就像跑馬燈一樣，看著從出生開始至今的人生相簿。

「……啊！」

就在這時，我突然想到一件事。

也許是因為哭了之後，腦袋變清晰，所以哭一哭也算是好事。

雖然哭過，但從結果來說，去石橋老師的家一事，成為最大的契機。
而且，引路人剛才在奇怪的時間點向我道歉，這同樣發揮了作用。
「妳似乎想好了要見的人。」
引路人露出燦爛的笑容。
還剩下超過一半的時間。

○

我等待夜晚來臨，而且必須等到深夜。
只剩下幾個小時了。但是，就算耗費所剩不多的寶貴時間，我只能這麼做。這絕對是最佳的選擇。這是我做出的決定，我做出的選擇，倘若失敗，我也無怨無悔。
我來到最初來過的地方。
——這裡是我的家，是宏隆和優太生活的地方。
沒錯，我最後想見的人就是家人。我只想見他們。我悄悄打開玄關的門，以免發出任何聲音。備用鑰匙和以前一樣，仍然藏在花盆下面。他們父子和之前一樣，一起睡在客廳隔壁的和室榻榻米上。

「！」

光是看到他們熟睡的臉龐，就不禁感慨萬千，但現在沒時間陷入感傷。這是我所剩下最後的時間。我選擇這個時機當然有理由，而且選擇這個時間、這個人也有理由——

「……優太。」

我把熟睡的優太抱到客廳後，靜靜地叫著他，以免吵醒宏隆。

我的聲音有點發抖。萬一優太睜開眼睛的瞬間，我的身體就消失了，那該怎麼辦？

但是，內心的這種不安在轉眼之間就解除了。

「……媽媽，妳回來了？」

優太這麼對我說。

「優太……」

我緊緊抱著睡眼惺忪的兒子。

——然後，我確信我的選擇已經成功。

那是去石橋老師家這件事帶給我的啟發。石橋老師的外孫女紗衣今年四歲，和優太同年，紗衣不太理解石橋老師去世這件事。

既然這樣，和紗衣同年的優太，或許也無法理解我死去的事。引路人說，我不能和已經得知我死去的人見面，所以我應該可以和還無法理解我已經死去的優太見面，而且宏隆告訴優太，媽媽去了遙遠星球，這種說明方式剛好可以派上用場。

「媽媽，我沒辦法呼吸了。」

優太在我的臂彎中掙扎著，我慌忙鬆開手。

然後，我注視著他的雙眼。

是優太。

我做夢都沒有想到，竟然可以再次和優太這樣說話……

但是，不安頓時湧上心頭。我只有今天晚上能夠在這裡，然後很快就會消失。這會讓優太再次陷入悲傷。我來這裡，真的是正確的決定嗎？我為什麼無法一直陪伴在優太身旁……

「……媽媽？」

優太看著我的臉。

他很擔心。

——這樣不行。

這是最後一面，不能讓他看到我這樣。

正因為是最後一面，身為媽媽，我必須堅強——

「……優太，你可以成為像電腦紅王那樣厲害的英雄嗎？」

我希望優太成為一個堅強的人。從此以後，他必須和宏隆兩個人相依為命。之前優太跌倒哭出來時，只要我問他：「你不是要成為像電腦紅王那麼厲害的英雄嗎？」他就會馬上停止哭泣，所以我現在這麼問他。我希望他堅強，在臨別之前，這是我最後能夠鼓勵他的話。

「不，」沒想到優太搖搖頭，「我不想成為電腦紅王了。」

優太的回答出乎我的意料。他果然這麼快就對紅王沒興趣了嗎？怎麼辦？他這麼容易喜新厭舊，以後真的沒問題嗎？把優太留在這個世界令我很不安，以後該怎麼辦……

但是，優太接下來說的話，立刻消除了我的不安。

「媽媽才是我崇拜的英雄。」

優太圓滾滾的眼珠子注視著我。

「媽媽，妳現在不是離開了地球，正在保護很遙遠的星球嗎？」

「優太……」

「我也會加油。」

我突然想起宏隆告訴優太，我去了遙遠星球的那番說明。

『媽媽去了一個遙遠的星球，但是媽媽會永遠守護你。』

原來這句話是這個意思？

我之前完全沒有發現。

我以為只是因為宏隆喜歡天文，才用這種方式向優太說明——

優太掙脫我的臂彎，拿了放在客廳角落的東西後，又回到我身旁。

「我和爸爸一起開始學這個。」

「這是……」

他手上拿著空手道的道服。

那是新買的道服，雪白的道服上還沒有明顯的髒污。

優太拿著空手道的道服，我從來沒有看過兒子這麼神氣的樣子。

「我要像媽媽一樣，成為很帥的英雄。」

「很帥的英雄……」

「我會加油。」

「優太……」

我語不成聲，只能呼喚著心愛兒子的名字。

我太愛他，他是我的心頭肉，我很想把內心的愛都傳達給他，但只是本能地呼喚他的名字。

——原來是這樣，原來是這麼一回事。

至今為止所有的一切，全都連在一起。

優太不再玩電腦紅王，是因為他覺得我這個母親，才是他崇拜的英雄。

宏隆似乎做了針線活，那是為了幫優太修改道服。

而且，宏隆告訴優太，我目前在遙遠的星球上，也是為了這個目的。

宏隆一定只告訴優太，我拯救了一條小生命——

「優太……」

我再次緊緊擁抱優太。

「媽媽，我沒辦法呼吸了。」

但是，這次就算聽到他這麼說，我也沒有鬆開雙手。

這是有原因的。

「優太……優……太……」

我知道，一旦放手，我就會放聲大哭。

「媽媽？」

我淚流不止，只能努力不讓自己哭出聲音。
優太的心意令我欣慰。
宏隆的心意令我欣慰。
所有這一切都滲入我的內心深處，讓我內心充滿溫暖。
內心無法容納的溫暖變成淚水，滿溢出來。
但是，我不能讓優太在最後一面時，看到我放聲大哭的樣子。
這樣會讓他擔心。
我是優太心目中的英雄。
所以，我必須堅強到最後……
「……優太，你想當帥氣的英雄，就不能挑食，青椒和番茄都要吃光光才行，如果你挑食，就沒辦法長得很強壯。」
「嗯，我知道了。」
優太在我的臂彎中點著頭。
「不要整天玩遊戲，要記得運動，而且以後要好好讀書，要看很多書。」

「嗯，我知道了。」

他的小腦袋又輕輕點了一下。

「還要注意路上的車子。雖然要成為英雄，但首先得保護好自己的生命。絕對不可以突然衝到馬路上，在過馬路之前，要先看右側，再看左側，然後再看一次右側。」

「嗯，我知道了。」

他再次點頭。

「然後最好再看一次左側。」

「媽媽，我知道了啦。」

優太笑了。我不僅內心充滿溫暖，臂彎中也有滿滿的溫暖。原來優太已經長這麼大了，孩子都在父母不知情的情況下漸漸長大。

優太從我的臂彎中探出頭。

「媽媽。」

他直視著我的雙眼。

「我沒事。」

「優太……」

這是優太的口頭禪。

沒事。

每次聽到他說這句話，我就會感到不安。

我一直以為他隱瞞某些想法，有所顧慮，自我壓抑，所以才會說這句話。

但是，我想錯了。

至今這次不一樣。

這是我第一次聽到他說「沒事」，發自內心感到安心。

「優太，謝謝你……」

我撫摸著優太的頭。

優太也露出安心的表情，緩緩閉上了眼睛。

——然後，他很快就睡著了。

我又悄悄把他抱回被子中。

宏隆和優太。

兩個人並排躺在榻榻米上。

我站在頭等席，看著他們父子一模一樣的睡臉，用完了最後一面所剩的時間。

這也許是我在這個世界上度過的最幸福的時間。

原本打算回到現世時，我要向他們道歉，要跟他們說「對不起」。

因為我帶給了優太和宏隆極大的困擾，和難以用言語形容的悲傷。

我一直以為無論再多的道歉，都無法表達我的歉意。

——但是，最後一刻浮現在腦海中的，卻是完全不同的話。

「宏隆、優太——我好愛你們。」

除此以外，我想不到其他要說的話。

◆

當彩子再次醒來時，發現和上次一樣，引路人站在她面前。

「……最後一面的二十四小時結束了。」

眼前是一片乳白色的空間。

她又再度回到再見的彼岸。

這裡是終點站。

她已經無法再回到現世。

引路人向彩子確認：

「……妳已經沒有遺憾了嗎？」

彩子坦誠地回答：

「……如果說我了無遺憾，當然是騙人的。」

這是她真心的想法。雖然每個人有不同的人生，但是三十歲就離開人世，真的太短了。

她很想繼續活下去。

她想繼續和優太、宏隆一起生活。

她想和他們一起去很多地方，創造許許多多的回憶。

她很希望一家三口，在晴朗的夜晚眺望星空。

而且還有父母、朋友等很多想見卻又無法見面的人。

各種思緒在彩子的內心翻騰。

但是彩子再次坦率地說出此刻的心情。

「……但是，我最後度過了無可取代的寶貴時間。」

彩子浮現坦然的笑容。這句話不是逞強，而是她發自肺腑的心聲。

「引路人先生，謝謝。」

「妳這麼正式向我道謝，讓我很害羞啊。」

「別害羞，多虧有你，我才能在最後度過這麼美好的時間。」

「不不不，我並沒有做這麼了不起的事。」

「我已經都明白了，雖然你明知道我會難過，仍然帶我去石橋老師家裡，之後又在奇怪的時間點向我道歉，都是在提示我，讓我能夠在最後見到優太。」
現在回想整件事，就發現了這樣的真相。
「……彩子，妳真敏銳，我甘拜下風。」
引路人說著，害羞地輕輕鞠躬。
「不瞞妳說，我對妳能夠見到優太沒有十足的把握，最後很可能會失敗，所以我無法直接提示妳，而且我希望由妳自己做出最後的選擇，我相信只有這樣妳才能夠沒有遺憾。」
「的確是這樣……」
彩子摸著胸口，覺得引路人的話很有道理。
引路人繼續說道：
「來到再見彼岸的人都是自己做出選擇，去和重要的人見最後一面。這個過程可能會花一點時間，但我只能在一旁默默守護，這是我最大的使命。因為我既不是什麼介紹人，也不是仲介，只是再見彼岸的引路人。」
彩子聽了引路人的話，輕輕點頭。

引路人忠於他的使命，彩子得以在最後度過無可取代的寶貴時光。

「在我眼中，你是最出色的引路人。」

「……這是身為引路人莫大的榮幸。」

引路人聽了彩子說的這句話，露出安心的笑容。

彩子說的話沒有半點虛假，她只是說出對引路人的感想，而且和第一印象完全不同。此時此刻，看到引路人的笑容，她覺得自己也放心了。

「既然這樣……」引路人調整心情般說道。他這次沒有再拿出Max咖啡。

「彩子，妳要走過最後那道門轉世投胎。如果有緣，妳一定可以再見到這一世的家人，但我只能陪伴妳到這裡。」

接下來是真正的最後時刻。

引路人打個響指，眼前出現一道好像上過油漆般雪白色的門。

明明是第一次看到，但彩子看著那道門，有一種似曾相識的感覺。

「最後要不要再來一罐Max咖啡？」

「我不想再碰甜食了。」

彩子聽了引路人的問話，噗嗤一笑後，走向那道門。

彩子一步一步踏向那道門，在思考自己未來的同時，想到了引路人的未來。

引路人原本和彩子一樣，只是普通人，但是，如今知道他並不是悠哉，而是有很多隱情，只是現在沒有時間細問。

這裡是結束的地方。

但同時也是開始的地方。

因此，現在只能祈禱彼此的未來都很美好。

不知道引路人是否有著和彩子相同的想法，他最後注視著彩子，用充滿關懷的平靜語氣說：

「彩子，祝妳轉世投胎的人生更美好。」

彩子在引路人的目送下，站在最後那道門前。

「引路人，謝謝你。」

她伸手推開那道門。

「因為有你，我直到最後，都沒有感到寂寞。」

彩子推開最後那道門，柔和的白光緩緩包圍她的全身。

第二話

浪蕩子

「無聊透頂，我完全沒有想要見最後一面的對象。」

山脇浩一聽完引路人關於最後一面的說明後不屑地說。

「你這麼回答，雖然有點傷腦筋，但來到『再見的彼岸』的人中，你並不是第一個這樣回答的人。」

眼前的引路人並沒有感到意外，依然故我地說道。

「是喔，我想也是，如果以為每個人死的時候都會依依不捨，那就大錯特錯了，絕對也有像我這樣，覺得死了反而痛快的人。你應該已經為好幾個像我這樣的人引路吧？」

「是啊，但你可以再慢慢想一想，反正還有很多時間。怎麼樣？要不要來一罐？」

引路人沒有理會山脇說的話，遞出一罐黃色的Max咖啡。

「我才不要喝這種甜膩的東西，有沒有酒？沒有酒嗎？」

「你因為酒精而死，死了之後還想喝酒，真是嗜酒如命。」

山脇死於肝硬化，就是飲酒過量造成的。雖然醫生勸他戒酒，但他還是戒不了，最後喝酒喝死了。

他單身未婚，今年五十五歲，幾乎從來沒有固定的工作，三十歲後離開老家富山，來到東京後就整天換工作，過著做一天和尚撞一天鐘的生活。

在這樣的生活中，只有酒量持續增加。有今天的結果，只能說是自食其果，只不過山脇現在已經死了，自己到底是不是因酗酒而死這件事根本不重要。

「話說回來，這個地方偏偏叫『再見的彼岸』這種名字……」

聽到『再見的彼岸』這個名字，山脇想起山口百惠有一首名曲就叫這個名字。如果沒有記錯，那是一九八〇年，也就是大約四十年前的歌曲。那是他十五歲青春正盛的時期，所以記得特別清楚。不知道為什麼，至今仍然清楚記得當時的歌曲。雖然之後推出了很多新歌，但是即使年歲增長，青春歲月的音樂似乎仍然深植在骨子裡。也許是因為和其他感覺相比，懷念的感覺很特別。回想起來，自己的年少時代……

想到這裡，山脇硬是掐斷自己的思考。事到如今，想這些都已無濟於事。都結束了。既然已經一命嗚呼，所有的過去都不再重要。

「這裡是和現世的親朋好友說再見的彼岸，你不覺得這個名字很貼切嗎？而且我也很喜歡那首歌。」

山脇聞言感到很意外。雖然引路人一頭白髮，但看起來比他年輕許多，原本以為他們屬於不同世代的人，但隨即一想，現在也有很多人喜歡懷舊歌曲，因此並沒有太在意。

「……我問你，如果我一直不去和任何人見最後一面，最後會怎麼樣？」

「雖然沒有特別的限制，你可以繼續留在這裡，但遲早要走過最後的門。」

「最後的門？」

「就是迎接轉世投胎的那道門。我不清楚之後的情況，無法進一步說明，但既然有這個機會，我建議你還是去和別人見最後一面，同時，由你自己決定最後要和誰見面。因為這真的是最後的機會了。」

引路人再三重申了「最後」這個字眼。

「那我想問一件事，我停留在這裡期間，提供的飲料是什麼？」

「就只有這個。」

引路人聽了山脇的問題，露出柔和的笑容，舉起黃色的咖啡罐，出示在他面前。

山脇一臉為難。雖然他並不討厭Max咖啡，問題在於這成為這裡唯一的娛樂，除此以外，這個乳白色的空間內一無所有，而且這個引路人會一直出現在眼前。既然這樣，還不如隨便找個人去見什麼最後一面比較好。

「……那你告訴我，其他人都是去見了誰？我想參考一下。不是不能去見知道我已經死了的人嗎？」

「是啊。我有保密義務，只能粗略說一下其他人的情況，比方說，有人去見了初戀情人。」

「初戀？哼，絕對不考慮。」

他絕對不想讓初戀情人看到自己變成這副德性，更何況即使現在見了初戀情人，又能怎麼樣呢？山脇根本不考慮這個選項。

「也對，這個方案最近似乎不太受歡迎。那你打算去見誰呢？」

引路人很乾脆地收回自己的建議，山脇有點意外。

他至今仍然不知道引路人到底在想什麼。

「……沒有其他例子了嗎？」

「這個嘛，該怎麼辦呢？我希望由你來決定想見最後一面的對象，對我來說，只要你願意認真思考，就這樣也……」

在這種狀況下，引路人仍完全不著急，完全沒有催促山脇。山脇看到他不慌不忙的態度，反而著急起來。

「廢話少說，你就隨便舉個例子吧。」

「啊，對了，有人曾經去見自己的恩人。也許最後一面很適合用來報恩。」

「報恩……」

引路人的提議沒什麼用，山脇一時想不到要報恩的對象。

既然要報恩，首先必須曾經接受別人的恩惠。

不，即使不到恩惠的程度，如果自己曾經欠了別人的情，應該可以……

山脇思考著。他一心想著趕快離開和引路人獨處的這個空間。

「……等一下。」

這時，他想起一件事。雖然沒有報恩的對象，但有一個要歸還東西的對象。山脇在現世借了某樣東西還未歸還。

「……我決定好要見最後一面的對象。」

「太好了，沒想到你這麼快就決定了。」

引路人似乎發自內心這麼想，並不是在挖苦。

○

「歡迎光臨。」

聽到店員一如往常的慵懶聲音，我知道自己真的回到了現世。昏暗的日光燈，不太流通的混濁空氣，死後的空間甚至還比這裡更理想。

「要歸還嗎？啊，已經超過三天了，要支付滯納金。」

我決定見最後一面的對象就在眼前。

他是錄影帶出租店的店員。

我之所以來找他，是因為想要歸還租借的DVD。引路人說到報恩這件事，我想起自己的DVD還沒有歸還。

「多少錢？」

「三天總共是九百六十圓。」

「……也太貴了。」

租一個星期只要一百圓，一天的滯納金就要三百二十圓嗎？但這也無可奈何，更何況我留著這些錢無處可用。我從皮夾裡抽出一張一千圓，年輕的男店員節奏輕快地敲打收銀機。

「收您一千圓。」

每次站在收銀台前，我都會忍不住看他的腦袋。他的雞冠頭只有接近額頭前端的部分染成金色。他在玩搖滾樂團嗎？雖然我曾經見過他很多次，但從來沒有和他聊過天，所以也不得而知。

今天原本仍這樣打算。我完全沒想和他聊天，反正以後不會見到他了。

但是，以後再也不會見面的事實反而讓人心情很輕鬆，當我回過神時，發現自己主動問眼前這個雞冠頭店員：

「……看你的髮型，你有在玩樂團嗎？」

「啊？喔喔，你是問這個嗎？你看得出來？我的本業是搖滾歌手，這裡只是打工而已。」

「……喔，原來是這樣啊。」

「是啊。啊，這是找零，四十圓。」

我接過零錢，我們的談話結束了。

嗯，差不多就這樣。反正我並沒有期待會有什麼變化，只是心血來潮隨便聊聊而已。那就趕快離開這家店，然後隨便打發時間，可以去光顧一下以前常去的、船橋車站南口的居酒屋喝一杯。有好一陣子沒去了，居酒屋的人並不知道我死了，簡直是度過最後時光的最佳地點。

我心裡這麼盤算著，走向門口時，雞冠頭店員叫住我：

「今天不租新片了嗎？」

「啊？」

「不是啦，因為客人你每次都租一部，等歸還的時候就會再租一部新的回家。」

「喔喔，是啊……」

他說得沒錯。我租的是系列電影，這成為我最近生活中唯一的習慣，只不過做夢都沒有想到，這個雞冠頭店員竟然記得這件事。

「……你記得真清楚。」

「像我們這種店，最近很少有客人光顧。受到串流平台的影響，只能靠滯納金賺點小錢，像你這樣每週都光顧的客人，當然會記得。更何況……」

「更何況？」

雞冠頭店員第一次露出了笑容。

「更何況我也很喜歡這個系列的怪獸電影。」

「是喔。」

店員在說話時，指著我持續租回家的那系列電影的陳列架。那是從昭和年代推出，之後又持續推出平成系列的當紅作品，那是全日本無人不知的怪獸電影，主角的怪獸經常把整個城市夷為平地，有時候也會和人類或是其他敵人作戰。

「先生，你是不是也很愛這個系列？你每週都租一集，目前不是已經進入平成系列的尾聲了嗎？而且我很喜歡牠的敵人宇宙怪獸！小時候，我爸帶我去電影院看這部電影時，我就立刻愛上了，超搖滾的！」

雖然我不知道雞冠頭店員說的「超搖滾」是什麼意思，但他就像小孩子一樣，眉飛色舞地開始說。我以前從來沒看過他這種樣子，正確地說，今天是我第一次和他聊這麼多。

「你不看平成系列的最後一集嗎？」

「嗯，是啊……」

雖然我的確可以租這部片子。

只不過，一旦租了，就沒辦法還了。

今天是我能夠回到現世的最後一天，雞冠頭店員不知道這件事，的確會感到很奇怪。

「啊，大叔，我知道你不借的理由了。」

……剛才還叫我「先生」，現在變成「大叔」。

但是，事到如今，這種事完全不重要。我很好奇雞冠頭店員想到了什麼，但不可能猜中真正的理由。

「因為死了。」

「……啊？」

我忍不住叫出聲音。

他怎麼會知道？等一下，引路人剛才不是說，如果見了得知我死去的人，我就會馬上消失？

既然這樣，為什麼我的身體還沒有消失？為什麼？

不，先要搞清楚這個雞冠頭店員到底是何方神聖？

「阿伯，你是不是不想看到自己喜歡的怪獸死了！？」

……「大叔」又在不知不覺中變成「阿伯」。

事到如今，這種事完全不重要。這個店員猜測的理由完全不對。我記得最後一部電影差不多是二十年前在電影院上映，所以我知道結局。沒想到這個店員竟然知道每一部作品的內容，太厲害了。不過我也都知道，厲害程度和他差不多。

這時，我突然想到了一個新的疑問。
「啊，你該不會……」
那是關於我最初關於他髮型的疑問。
但是事到如今，我越看越像。
「……你的髮型，是模仿宇宙怪獸？」
雞冠頭店員聽了我說的話，頓時眉開眼笑。
「阿伯，你是唯一發現這件事的人！」
雞冠頭店員摸著自己雞冠頭上金髮的部分。
這個髮型和他喜愛的宇宙怪獸一模一樣。
「……看來你真的很喜歡。」
「你不覺得宇宙怪獸超帥嗎？我除了這個系列以外，也很喜歡其他特攝電影，還有科幻電影。」
他既然在錄影帶出租店打工，想必很喜歡看電影。他從剛才就露出興奮的眼神說個不停。

聽他聊這些，我不覺得不舒服，反而有種興奮感。我也很愛看電影，才會經常來這家位在郊區的錄影帶出租店。

只不過我發現自己有點懊惱，為什麼之前沒有和這個店員聊天，然後不禁有點空虛。

反正無論做什麼，都已經為時太晚了。人生可不是付錢後可以延長這麼簡單。

雞冠頭店員不停地聊著雷利．史考特、史丹利．庫柏力克、吉勒摩．戴托羅這些科幻電影的導演後，好像在宣誓般對我說：

「有朝一日，我的樂團也要上電視，讓我的搖滾傳到宇宙！到時候你一定要看，這個髮型就是記號！」

雖然我無法完成這樣的約定，但還是點頭笑說：「好。」

我發現自己好像很久沒笑了。

○

「看來是一次意想不到的見面。」

回程時，引路人出現在船橋車站前，對我說了這句話。

「就是啊，完全沒想到竟然和年紀不到我一半的年輕人聊怪獸聊得口沫橫飛。」

離開錄影帶出租店後，我走去北口的公車站。和南口相比，這裡沒什麼人，居酒屋也都集中在南口，所以我以前很少來這裡，但是現在覺得這份安靜很舒服。

「那是很久之前的作品，其實另一部主角看起來還很像毛蟲的幼蟲的作品，算是這一部的前傳。」

「你很清楚嘛，那個雞冠頭店員如果知道先有那一部，可能會大吃一驚。」

「我只知道這些，而且是第一次聽說宇宙怪獸。」

我聽到引路人的回答，感到很意外。這代表他只看了那個系列初期的幾部電影。而且他知道山口百惠，看來他喜歡懷舊的東西。

「山脇先生，請問你當初怎麼會愛上這部怪獸電影？」

引路人隨口問了這個問題，卻讓我一時語塞。

一旦要聊這件事，就必須談及我小時候的情況。

「說來聽聽吧，就當作是去黃泉的伴手禮。」
「如果是去黃泉的伴手禮，不是應該你送給我嗎？」
我糾正引路人，他笑著回答說：
「那就當作是你去黃泉之前留下的伴手禮。」
這個傢伙還真難纏。但是，我並沒有生氣。我發現自己在不知不覺中，愛上了他那種好像柳樹般飄然的感覺。
「……那好吧。」
我之所以覺得無所謂，和剛才在錄影帶出租店主動找那個店員聊天一樣，反正今天結束之後，就再也不會見到這個引路人了。
比起努力活著的時候，死後的現在心情輕鬆多了。
「那是我讀小學低年級，還是小孩子的時候……」
我挖掘出照理說這輩子都不可能再想起的回憶。
那是遙遠的記憶——
「我的老家在富山縣，我在積雪很深的鄉下地方出生。我父親是傳統工藝品高岡漆器的工匠，他是那種傳統的工匠個性，平時沉默寡言，他的手上和指甲上總是沾了漆，就連衣服上也都是漆的味道。在我小時候，他幾乎不曾帶我出去玩，也沒有帶我去旅行，在家裡的時候，也從來沒有陪過我。老實說，我很怕我父親。……雖然他是這種個性，但很愛看電影，每隔兩三個月，就會開著小貨車，載著我去電影院看電影。他帶我看的第一部電影，就是那部怪獸電影，我只記得那一集有很多其他怪獸出現，但不太記得具體的內容，只記得當時很興奮。之後，這個系列的電影每次推出新片，父親就會帶我去看。只有看電影的時候，是我和父親共度的時間。他買電影簡介給我後，我每天都在家拿出來看，看得紙張都磨損了。雖然我很想要可以放在房間當作擺設的怪獸公仔，但不敢開口要求父親幫我買……」

「那不是很美好的回憶嗎？我認為比起公仔，這件事才是永遠不會褪色的寶貴回憶。」

如果只到此為止，的確是美好的回憶。

但是，回憶的後續並沒有這麼美麗。

「我和我父親之間的回憶就只有這些……家裡的事，都由我媽一手包辦，進入青春期後，我整天和我父親吵架。『不可以給別人添麻煩』是他的口頭禪，每次聽到他說這句話，我就火冒三丈，我覺得他的言下之意，好像覺得我的存在，就是在給周遭的人添麻煩。即使如此，在三十歲之前，我仍然跟著父親，一起投入高岡漆器的製作。我家是當時難得一見的獨子家庭，沒有其他繼承人，但最後我終於忍無可忍，在因為一些芝麻小事吵架之後，我就離家出走，不顧我媽的勸阻，獨自來到東京。之後換了不少工作，最後搬到千葉。雖然交過女朋友，但沒有結婚，當然也沒有孩子，而且還沉溺於喝酒，最後淹死在酒裡了。說起來，我的人生真悲慘，但是人生就是這麼一回事……」

當我說完往事的來龍去脈後，又想起父親說的那句『不可以給別人添麻煩』。我一命嗚呼這件事，一定給他們添了麻煩，葬禮應該是由父母張羅。雖然我連死了之後，都帶給他們困擾，但這並不是我願意的。

沒想到引路人說出一句意想不到的話。

「現在搭新幹線，就可以從東京去富山。」

「……你是說北陸新幹線嗎？」

我在發問的同時，思考著他說這句話的意圖。他的意思是……

「……你別出餿主意。」

「我還沒有把餿主意說出口，山脇先生，這件事由你自己決定，你可以充分思考。」

「……你知道我父親目前的狀況嗎？」

「我有義務要保守秘密，無法說得很詳細，但我大致瞭解負責對象的情況，在為各位引路時，必須對各位有最低限度的基本瞭解。」

聽了引路人的回答，我終於恍然大悟。

如果按照他剛才向我說明的、關於見最後一面的規定，我無法和已經知道我死去的雙親見面。

——但是，如果『只有』我父親的話，則另當別論。

因為某些因素，我有可能見到父親。

我也想到了這件事，但是每次思考到這點，我就直接排除這種可能性。我完全不想見到他。

去那家錄影帶出租店見到雞冠頭店員就足夠了，我認為我已經和別人見過最後一面。

只不過我不得不認為，人生的機緣真的很奇妙——

雞冠頭店員同樣回想起和他的父親一起去看怪獸電影。雖然時代不同，但我有和他完全相同的回憶。也許在聽到店員說那件事時，這個選項就浮現了……

「……還不知道是否真的會見到。」

「這樣沒有什麼問題，你可以在電車上好好思考，只要時間充裕，要搭慢車前往也行。」

引路人似乎真心這麼想，聽起來完全不像在挖苦。

「……你還真是個悠哉的傢伙。」

「你要敲擊我的內心深處嗎？」

引路人把胸膛湊到我面前。

「我完全聽不懂是什麼意思。」

引路人聽到我的回答，露出一絲氣餒的表情。

○

最後，我還是搭上了北陸新幹線。原本以為這輩子永遠都不會搭這班車了。正確地說，我已經很久沒有搭乘新幹線，完全沒有探親的感覺，心情反而更像是旅行。我沒有看車窗外的風景，從頭到尾都在打瞌睡。沒有吃火車便當，沒有喝酒，不出兩個小時就到富山。我很驚訝，原來距離這麼近。不，不是距離近，只是交通工具進步了而已。因為我和這個地方的距離一年比一年遙遠。

「真是只有一眨眼的工夫。」

站在我身旁的引路人說。他在電車上，同樣只有喝Max咖啡而已。他又接著自言自語說：

「沒想到喝一罐咖啡的時間就到了。」

「那是因為你喝得太慢。」

「我喜歡細細品嚐。」

我不知道他是不是真的這麼想，只不過在和他聊天之後，我好像被他的悠哉影響了。在富山車站下車後，也沒事可做，於是搭上區間車。正午過後，抵達了離老家最近的車站。

「看到久違的故鄉風景，有沒有什麼感想？」

「……一點都沒變。」

上一次看到這片景色，已經是二十多年前的事。一到夏天，這裡就是一片平淡無奇的田園風光。離稻子收割還有一段時日，但是一旦進入冬天，這裡就變成一片銀色世界。每到那個季節，我就會感到鬱悶。不，也許是三十歲之後，才突然有這種感覺。

「……鄉下地方的風景，無論什麼時候看都一樣。」

我再也不會回到這種地方。下定決心，背井離鄉。我至今仍然清楚記得那一天的事。我媽追我到車站附近挽留我，但父親甚至沒有踏出家門一步。那一天，他和往常一樣，一直在製作高岡漆器。我看到他的最後一眼，就是他低頭工作的背影。

我去東京的決定並沒有錯。

我至今仍然這麼認為。

「唉……」

我走向老家。沿途都沒有說話。也許是因為除此以外，我沒有其他事可做。走了二十多分鐘後，引路人指著前方說：

「那就是你老家吧？」

我看到了眼前的景象。那的確是我的老家。傳統的日式房子依然佇立在那裡，相隔多年看到的瞬間，千頭萬緒忍不住湧上心頭。但是，來到這裡，我不禁裹足不前。前一刻還在邁步的雙腳好像突然綁上重石，站在原地無法動彈。我仍然在猶豫。我知道一切都準備就緒，雖然規定無法和得知我死去的人見最後一面，但我能夠和父親見面事出有因。那和父親生的病有關。

——父親罹患了失智症。

我從唯一有聯絡的我媽口中，或多或少聽說了父親的病情。也就是說，假使我現在去見父親，他很可能根本不記得我是誰。正確地說，即使見面，他也很可能想不起我是誰，更不確定他是否知道我已經死了。說來諷刺，雖然見最後一面的對象受到限制，但無論父親是哪一種情況，對能夠見到最後一面，反而更加有利。

引路人一定瞭解我父親的情況，剛才突然刻意提起什麼現在從東京，可以搭新幹線去富山這件事。

「……真是個混帳。」

「啊？你是說我嗎？」

身旁的引路人故意表現得很驚訝。

「山脇先生，你好像氣包子，是不是太少吃甜食了？要不要喝一罐？」

別人都是拿酒，但引路人說完這句話，從胸前口袋裡拿出的是兩罐咖啡。

「才不要呢！我就是說你這種個性很混帳。」

「既然要吃甜食，還是吃『月世界』比較好。」

「我就是說你的這種個性！」

真是快被他搞瘋了。他竟然特地說出富山一帶的糕點。如果認真搭理他，就會不知不覺受他的影響。這裡是我的故鄉，說起來，這裡是我的主場。

……不，我並沒有主場這種東西。雖然在東京和千葉住了多年，仍從來不曾有過主場的感覺。

既然這樣，那反而更好。那我就再次深入敵後。這麼想，心情才會比較輕鬆，沒什麼好掩飾的。

「……那就衝嘍。」

「你說得好像要去別人的主場比賽。」

「……你很煩欸。」

我覺得引路人不僅瞭解狀況，甚至猜透我的心思，但應該不可能有這種事。接下來才是一場硬仗……

總之我先觀察了家裡的情況。我還沒有決定見到父親要說什麼，但重點是千萬不能撞見我媽。我也搞不清為什麼，只是很不希望大老遠來這裡，結果卻白跑一趟，所以躡手躡腳地走去中庭。

前方是起居屋外的寬敞簷廊，父親經常帶著他的工作道具，坐在那裡做塗漆的工作。

製作漆器基本上採取分工制。首先由名為「木地師」的木工師傅製作成為內胎的器物，然後由「底漆師」塗上底漆，讓漆呈現出特有的光澤，接著才輪到「漆塗師」塗面漆，有時候甚至還有「蒔繪師」用金粉或銀粉繪製圖案紋樣。

父親擔任底漆師和漆塗師的工作，我一開始先成為木地師。這是父親的方針，聽說他以前也是學會木地師的工作之後，才成為漆塗師，他認為掌握作業整體，才能夠磨練身為工匠的技術。

因此我家都由我製作內胎的器物，交由父親塗底漆和面漆。我們的作業場所各不相同。這和製作漆器採取分工制有密切的關係，但最重要的是，木地師的作業場所會產生大量木屑，是塗漆工作的大敵。

我身為木地師，在偏屋的第一作業區工作，簷廊這裡則是父親工作的第二作業區。在我的記憶中，父親一年到頭都坐在那裡。

果然不出所料，父親今天也在那裡。

「……爸爸。」

我忍不住叫他。

原本以為和故鄉的風景一樣，父親不會有太大的改變。但是我想錯了，父親老了。我都已五十五歲，父親當然老了；更何況我已經超過二十年沒見過父親，他的變化很大。臉上深深的皺紋幾乎可以夾住牙籤，只有手指和指甲仍然和以前一樣，沾滿了漆。

他手上拿著木碗，另一隻手上拿著筆。他的手在發抖，作業似乎並不順利，只是拿在手上而已。旁邊有一只有裝飾的木箱，裡面可能放著什麼工作道具。

漆塗師是他的生活，不，已經成為他的人生。雖然失智症已經變得嚴重，他的身體仍然記得塗漆的作業。這就是所謂的工匠嗎？眼前的景象讓我啞然無語。

父親手藝高強，除了為傳統工藝品塗漆，經常接受委託，製作地方廟會祭典使用的祭祀用品。我媽經常告訴我父親的責任有多重大，聽得我耳朵都長繭了。塗漆是父親唯一的生命意義……

「……算了，我放棄了。」

「啊？」

我轉身背對著父親，邁開步伐。

「做這種事根本沒有意義……」

我氣鼓鼓說道，引路人露出難以接受的表情。

「是嗎？」

「看我爸那樣，見面根本無濟於事，我來得太晚了……」

「我不認為無濟於事，更不認為你來得太晚。」

「就算悠哉的你這麼認為，我也不這麼想。」

我走出家門時，引路人停下腳步。

「……山脇先生，你真的就這樣放棄了嗎？你一定會後悔的。」

「你在說什麼啊，事到如今，我才不在意多增加一兩個後悔，反正我已經死了。」

「你錯了，帶去黃泉的後悔少一個是一個。」

「你這麼說又怎麼樣，我現在還能做什麼？回首往事都是一些無聊的過去，已經無可挽回了。什麼嘛！難道你不僅帶我們這種人去和別人見最後一面，還具有改變過去的神奇力量，可以消除後悔嗎？」

我只是隨便亂說，沒想到引路人的反應完全出乎我的意料。

「是啊，當然啊。」

「啊？」

難道他還暗藏了什麼特殊能力嗎？他剛才完全沒有提這件事。

「你在說什麼鬼話？不能這樣隨便亂開玩笑，怎麼可能有辦法改變過去？」

我大聲咆哮，引路人仍面不改色。

「……山脇先生，關鍵在於你現在要怎麼做。」

引路人又繼續說道。

「你要把過去作為以前犯的錯丟著不管，還是把它變成反省、成長的糧食？完全取決於你現在的決定，只要改變現在，就可以讓你覺得過去也曾經很美好。」

引路人直視著我說：

「我不希望你像我一樣懷抱著遺憾。」

我第一次看到引路人露出嚴肅的表情。

我在他的雙眼中看到了懇切。

「……你也曾經後悔嗎？」

「這個世界上，沒有任何一個人不曾有過悔恨。」

我曾經有過選擇。我在眾多選項中，選擇去東京。

但是我知道，正因為過去有選擇，所以才會後悔。

父親一直都在這裡。

也許他從來不曾離開過這裡。

對父親來說，漆塗工作並不是日常工作或是習慣這麼簡單而已，而是他生命的意義。

那是他的生活方式。

最好的證明，就是即便他現在已經失智了，仍然拿著碗和筆。

但是，我直到最後，都無法接受這樣一心一意投入漆塗工作的父親。

看著父親的背影，我更加體會到，自己並不適合這項工作。

我不願意像父親那樣，無法成為父親那樣。

所以，我去了東京。

我至今仍然不認為當時的選擇是錯誤。

……只不過，我後悔了。我相信還有別的路可走。

雖然現在無論用任何方式，都無法讓過去重來，但是難道可以用其他方式，來面對那份後悔嗎？不知道為什麼，引路人的這番話深深打動了我。

「……事情搞砸了可別怪我。」

「我知道，我只是引路人，不知道接下來會有什麼樣的結果。」

「莫名其妙……真是的，這次真的是最後一次。可惡，那就回家吧。」

「聽你說話的語氣，好像回到了自己的主場。」

「唉，你真的有夠煩！」

我沿著剛才的路走回去。引路人說的話好像按下了重播鍵，一直在腦海中迴響。

我並不認為有辦法改變過去，只是引路人太囉嗦，我暫時順著他的意而已。

話說回來，我會跟引路人來這裡，其實也是想說出內心的想法。我並不想消除內心的後悔，既然有這樣的機會，我就要把內心的想法一吐為快。反正我已經死到臨頭，那我就在離開故鄉之前大鬧一番。

「媽的……」

回到中庭時，父親仍然維持相同的姿勢，坐在相同的位置。

周圍並沒有其他人，引路人為了讓我和父親單獨相處，在暗處看著我們。

「……老爸。」

我在離父親幾公尺的地方出聲叫喚，但是，他沒有反應。

他沒有看我一眼，只是繼續低頭幹活。

「爸！」

我著急起來，忍不住大叫一聲。

父親立刻有了反應。他轉頭看過來。

但是，他只有稍微瞪大眼睛而已，似乎並不知道出現在他眼前的人是誰，也不太瞭解眼前發生什麼事，只是一動不動地注視著我……

「搞什麼嘛……」

無論做什麼，似乎都為時已晚。

事已至此，真的太遲了。

——原本我打算在最後，把內心所有的怨言都一吐為快。

我無論如何都無法接受，父親擅自決定要我接班。

我根本不適合這個工作，根本不想做。
我很討厭漆的氣味。
更討厭漆都會黏在手上，手會變得很粗糙。
我極其討厭聽到父親對我說，「不可以給別人添麻煩」這句話。
而且小時候，他帶我去電影院看電影時，我想要的不是電影簡介，而是可以放在房間作為擺設的公仔。
我超羨慕同學的爸爸買了公仔送他。
我很想帶同學來家裡玩，但覺得讓同學看到父親那雙沾滿漆的粗糙雙手很丟臉。
腦海中有太多怨言。
但是，看到父親目前的樣子，我什麼話都說不出來。
我甚至不想說話——
「老公？你怎麼了？」
這時，起居室傳來熟悉的富山腔。

——是老媽。

「可惡……」

雖然繼續留在這裡無事可做，但還是不加思索地躲起來。

「我好像聽到說話的聲音，是我聽錯了嗎？」

我媽走到簷廊上，我好久沒看到她。她老了。雖然我們會通電話，但和父親一樣，我也好久沒有親眼見到她。

「要不要回起居室？你不用再整天塗漆了。」

我媽要求父親別再塗漆。父親年事已高，又有失智症，無法繼續勝任漆塗師的工作了……

——但是，我媽接下來說的話讓我大吃一驚。

「……浩一不會回來，你不需要為了那孩子再堅持下去。」

我聽不懂這句話的意思。

為了那孩子？

為了我？

不需要再堅持下去？

我媽在說什麼？什麼意思？我不是早就和父親斷絕關係了嗎……

我媽好像在回憶般說著。

而且她所說的內容完全超出我的想像——

「……你一直告訴別人，浩一至今仍然在東京做木地師，你是在為他做的器物塗漆。」

我媽用充滿懷念的語氣繼續說著。

「一直假裝浩一仍然在別的地方和你分工合作，希望他有朝一日回來這裡時，還能夠靠一技之長養活自己……你真是溺愛兒子的傻父親，整天替他操心……」

我懷疑自己聽錯了。

「……怎麼會有這種事？」

我忍不住脫口而出。

我無法相信。

自從我離家出走之後，從來沒有和父親說過一句話。

我認為父親已經和我斷絕了父子關係。

我一直以為如果再見到父親，他一定會把我罵得狗血淋頭。

沒想到父親一直為我守著這裡，讓我回來之後，仍然能夠以此為生……

我還是無法相信。

叫我怎麼能夠相信？

怎麼可能、怎麼可能會有這種事？

但是，事到如今，我媽完全沒有理由說謊——

「爸……」

我媽已經離開簷廊。

我再次面對父親。

我不得不這麼做。

「……老爸，這不是真的吧？」

我仍然無法相信前一刻得知的事實。

父親沒有回答。

「……這絕對不是真的，怎麼可能是為了我？……你把工作視為人生的意義才是真正的理由。」

父親什麼話都沒有回答。

「到了現在，你都變成這樣了，還是只記得漆塗的事，你早就忘了我……」

父親沒有對我說任何話。

「……老爸，你倒是說話啊！」

我忍不住提高音量。

父親轉過頭。

他和剛才一樣，注視著我的臉。

「不可以……」

父親看到我的臉，好像突然想起似地張嘴說話。

「給別人、添麻煩……」

那是父親耳提面命對我說的話。不可以給別人添麻煩。

雖然失智，仍然情不自禁說出身體已經牢記的這句話嗎？

現在聽到這句話，我已經完全不會再生氣了。
我不知道該怎麼辦，也不知道父親在想什麼。
這時，父親做了一個動作。
他把手伸向放在一旁的木箱子。
「……爸？」
他想幹什麼？難道還想繼續作業嗎？
我還是無法瞭解父親。
一直以來都是如此。
只有去鎮上的電影院時，才是我和父親單獨相處的時間……
——但是，當我發現父親從木箱子裡拿出的東西時，懷疑自己看錯了。
「這是……」
那是一個公仔。
四根手指、獨特的背鰭，還有像恐龍般的巨大尾巴。
——是那個怪獸的公仔。

「啊……」

父親用瘦巴巴的手抓著公仔，遞到我面前。

那並不是在電影院禮品店貨架上的公仔。

我在接過公仔的瞬間，感受到溫暖。

上面還有熟悉的漆味。

——用木頭雕刻出來的怪獸塗上黑色的漆。

那是熟悉木地師的工作之後，又成為漆塗師的父親才能製作的作品。

我第一次看到這樣的怪獸——

「爸爸，這個……」

父親什麼話都沒說。

但是他的表情似乎比剛才柔和了一些。

那是我小時候很渴望，卻又說不出口的公仔。

那是我一直夢寐以求的東西。

難道父親一直記得這件事，所以做了這個公仔給我嗎？

「為什麼……」

原來只有我狀況外。

原來剛才我媽說的話，全都是事實。

那全都是事實，只有我誤會了一切。

只有我都已經死了，仍然想要對父親發脾氣。

怎麼會有這種事？

怎麼可能有這種事？

天底下，怎麼會有我這種不孝子？

「老爸……爸爸……」

我忍著快要奪眶而出的淚水。

從我懂事之後，就不曾在父親面前哭過。

所以，我現在拚命忍住淚水。

男人不可以在別人面前哭。以前，也是眼前的父親這麼告誡我。

「不可以……給別人添麻煩……」

父親又重複了相同的話。

這句話聽起來比剛才更清楚有力。

也許父親知道，這是最後的瞬間。

他帶著內心的祈願，最後一次叮嚀我。

然後，父親第一次說出了下半句。

「——但如果是麻煩自己家人的話，就沒有關係。」

聽到這句話的瞬間，強忍的淚水不爭氣地流下。

「爸爸……」

滴答滴答。這幾十年來的淚水一口氣滴落下來。

我從來不知道這句話原來還有下半句。

我從來不知道這句話真正的意思。

我從來不知道，父親至今為止，隱藏在內心深處的想法——

「爸爸，對不起，真的很對不起……我之前、都不知道……」

我第一次向父親道歉。

那是我始終無法說出口的後悔。

那是我始終說不出口的話。

至今為止，我讓父親為我操了很多心，給父親帶來很多麻煩，即使如此，父親仍然原諒了我。

我第一次理解父親這句話真正的意思。

我直到死去，才終於明白父親真正的想法。

「爸爸，對不起……我真的很蠢，你一直在等待我回頭，還做了這個給我……」

早知道我應該更加坦誠。

早知道我應該更早回來。

早知道我不應該離鄉背井。

我需要報恩的人就在眼前。

我實在太愚蠢了，竟然死後才終於瞭解這件事。

我是天字第一號的笨蛋。

父親一直惦記著我——

「對不起，我這麼愚蠢，是個無可救藥的……浪蕩子，對不起……」

我不顧自己一把年紀，放聲大哭。

我覺得自己死了之後，才終於流下累積一輩子的眼淚。

以前一直覺得不瞭解父親在想什麼，雖然現在終於知道了，沒想到竟然這麼晚才知道。

我一定無法消除這份後悔。

當然不可能消除。

但是，這樣就好。

我要永遠記得這件事。

我必須坦然面對自己犯的錯、自己的過去，和內心的後悔。

這也許是無可救藥的天字第一號大笨蛋最後的孝行——

父親沒有責罵我，只是平靜地注視著我。

最後，他用沾滿漆的手輕輕放在我頭上，就像我小時候，他哄我的時候一樣。

◆

當山脇再次醒來時，發現眼前是被一片乳白色包圍的再見彼岸。

「……讓你久等了。」

引路人站在他面前。

「沒關係，我並不討厭等待。」

引路人就像最初見到時一樣，平靜一笑。

「你有沒有充分體會最後一面的時光？」

「有……」

山脇內心感慨萬分。

此刻內心湧現的感情，和第一次來這裡時完全不同。

毫無疑問，那是在最後一面中，第一次感受到的感情。

和錄影帶出租店店員見的最後一面，成為了契機。

之後，引路人問了山脇一個問題。

『山脇先生，請問你當初怎麼會愛上這部怪獸電影？』
也許引路人問這個問題的目的，就是為了把山脇帶到他父親身邊。仔細想想，當時根本沒有理由問那個問題。
果真如此的話，這個引路人果然是個扮豬吃老虎的狠角色，竟然繞了這麼大一個圈子指引山脇，但也許最重要的是讓山脇自己醒悟。
多虧引路人，山脇在最後收到了特別的禮物。
「沒想到得到這麼出色的、帶去黃泉的禮物。」
山脇看著手上的漆器公仔。
這是世界上獨一無二的怪獸公仔。
他好像對待寶物般小心翼翼地抱在胸前。
對山脇來說，這是世界上最棒的禮物。
「那真是太好了。」
引路人又瞇眼笑笑，然後打個響指。
眼前立刻出現一道雪白色的門。

「山脇，接下來就請你走過最後那道門去轉世投胎。如果有緣，你一定可以再見到這一世的家人，但我只能陪伴你到這裡。」

「……好，謝謝你的一路指引，給你添麻煩了。」

山脇站在那道門前。

這就是最後的門。

這時，引路人提出最後一個問題。

「如果有來生，你希望成為什麼樣的人？」

「來生嗎？我想一想……」

山脇聽到引路人的問題後，思考後回答說：

「……我想成為一個坦誠的人。」

自己從小到大，和家人相處時都固執己見。遇見錄影帶出租店的店員，以及最初見到引路人時，也都一直很頑固。

他帶著複雜的心情回顧這一切。

如果自己能夠活得更坦誠，也許人生會不一樣。
自己曾經給以前的朋友、很多人帶來不少麻煩。
無疑給父親和老媽添了最多麻煩。
他直到最後的最後，才終於發現這件事。
悔恨難以消除。
過去無法重來。
雖然他因自己無法活得坦誠感到後悔，如果能夠坦誠過日子，應該就不會有太多後悔。
引路人對陷入自責的山脇說：
「我認為你能夠坦誠回答我的問題，就已經是一個坦誠的人了。」
山脇聞言立刻露出開朗的表情。
但他隨即又恢復原來的神色，輕輕搖頭。
「並沒有……」
他推開最後的門說：

「我真的就只是一個愚蠢的浪蕩子。」
山脇最後的神情，帶著前所未有的平靜。

第三話

任性的你

「我想見的人，當然非紗也香莫屬！」

伊勢谷幸太郎來到再見的彼岸後，很有精神地回答引路人的問題。

「你可以再好好思考一下，真的決定了嗎？要不要先喘口氣，喝一罐咖啡，不對，你要不要喝牛奶？」

「叫我喝牛奶！我又不是小孩子！」

幸太郎今年十九歲，想見最後一面的紗也香今年二十一歲。

「紗也香就是和你住在一起的那位小姐吧？紗也香目前是大學四年級的學生，現在應該是最快樂的時光。」

「不，好像並沒有，她似乎有不少煩惱，但我沒讀過大學，不是很清楚。」

「別擔心，我也沒讀過大學。」

引路人說完這句話，露出笑容。幸太郎看到他柔和的笑容，覺得可以相信這個引路人。

「幸太郎，你覺得你們同住的生活快樂嗎？」

「當然啊，每天都everyday。」

「那真是太好了，幸福很happy。」

他們聊天的內容很脫線，幸太郎越來越覺得和這個引路人很合得來。也許是因為覺得引路人和自己很像，才會認為他可以相信，而且，和引路人閒聊很開心。

「我想問一個問題，大家死了之後，都會來這裡嗎？」

幸太郎問了臨時想到的問題。

「好像並不是這樣。每個引路人都有各自負責的區域，我基本上只負責千葉縣的這個區域，不太清楚其他地方的情況。」

「你為什麼會負責這個區域？你對東京之類的地方沒有興趣嗎？」

「是我主動申請負責這個區域。」

「是喔，真特別啊。」

引路人特地選擇千葉這個地方，難道是有什麼淵源嗎？他顯然很喜歡Max咖啡。幸太郎這麼想著，正想問下一個問題時，引路人搶先開口。

「幸太郎，在你眼中，紗也香是一個什麼樣的人？」

「……是無可取代的人，所以我不能讓她孤單。」

幸太郎和紗也香不久之前才開始同住，雖然他們的生活很幸福，沒想到這樣的生活突然畫上句點。

起因只是微不足道的爭執。幸太郎衝動地衝出家門，隔天反省之後，在回家的路上發生車禍喪生。

雖然只能說運氣不好，但或許該說是不幸中的大幸，幸太郎前天才剛死。因此幸太郎認為紗也香應該還不知道自己的死訊。

引路人剛才已經說明了情況。

——無法和已經得知自己死去的人見最後一面。

和紗也香見面，應該沒有違反這樣的規定。

但是，即使違反規定，幸太郎也已經下定決心，自己不會選擇紗也香以外的人。對幸太郎而言，紗也香就是這麼重要的人。

「你太快做出決定，我這個引路人就沒事可做了。」

「輕鬆不是很好嗎？基本上，我什麼事都不想做，我的興趣就是睡覺。」

「我們真投緣，我也最愛睡覺。」

幸太郎覺得自己和引路人果然很像，難怪聊天這麼投機。

「我剛才已經說明了你在現世能夠停留的時間只有二十四小時，你甚至有足夠的時間睡午覺。」

「不不不，既然是最後的時間，用來睡午覺太浪費了。」

雖然剛才覺得兩個人很像，原來骨子裡還是不一樣。幸太郎改變剛才的想法。基本上，幸太郎貪圖輕鬆享樂，也有點我行我素，但現在覺得引路人只是想悠哉而已。雖然都很自我，但還是有微妙的差異。

「耍廢不是很好嗎？但其實這個世界上，沒有任何事物沒有存在的必要，即使某段時間在乍看之下，似乎什麼都沒有發生，但其實隨時都在發生變化，『乃諸行無常之聲』這句話真是太精妙了。」

「那是什麼？諺語嗎？」

「不，不是諺語，而是《平家物語》中的一段話。」

「《平家物語》？我知道一句很適合我的諺語，只是我一下子忘了那句諺語怎麼說。」

「你可以想起來嗎？」

「如果我想起來，就告訴你。」

「那我就發揮耐心等待，我並不討厭等待。」

這個引路人真的很悠哉，也很自我。

幸太郎想來想去，還是認為自己應該和這個引路人很合得來。

「那你準備好了嗎？」

「嗯，當然OK啊。」

引路人打個響指。

乳白色空間內，立刻出現一道木門。

「那就請你路上小心。」

引路人好像護衛般，特地為幸太郎打開門。

「喔，你真貼心啊。」

幸太郎走入門的正中央。

下一剎那，白色的光包圍了幸太郎的身體。

○

這裡，是哪裡……

當朦朧的視野漸漸清晰後，我立刻知道這裡是哪裡。原來是家附近的江戶川河岸旁。這裡是東京和千葉的交界處，剛好屬於千葉的市川市。我來過這裡好幾次，那天吵架衝出家門後，也是先來到這片河岸。這裡是紗也香熟悉的地方。

只不過……

抬頭仰望萬里晴空，有一種很可悲的感覺。遠方的天空有厚實的積雨雲，那裡的天氣似乎更適合現在的我。

——我已經死了。

我覺得前一刻腎上腺素還大噴發。由於死去之後，立刻被帶去引路人那裡，也許是因為這樣，一直沒有意識到自己死了這件事。

但是不知道為什麼，現在抬頭仰望天空，就真真切切地體會到，自己真的死去了。

這樣的結局真的很可悲。竟然是在吵架之後，遇上車禍，然後就這樣死了。

紗也香應該還不知道我死了，她一定以為我這兩三天在哪裡亂晃。她一定很擔心我，她的擔憂竟然變成最糟糕的結局。不知道她得知我的死訊，會露出什麼樣的表情……

我原本打算去紗也香的大學。

她的學校離這裡只有一站路的距離，即使走路過去也沒問題。

——但是，回到現世之後，內心的猶豫更加強烈。

就這樣去見紗也香真的好嗎？

如果接下來我們要繼續一起生活，我當然必須回去，問題是我能夠回到現世的時間只有二十四小時。

如果我去見她，然後再次消失，紗也香八成會哭。

不，才不是「八成」這麼不確定的事。

她絕對會哭。

我可以打賭。

紗也香是個愛哭鬼。

她以前就這樣，現在仍完全沒變。

——回想起來，在我的記憶中，紗也香常常哭泣。

老實說，有時候我覺得那些事根本是無足輕重的芝麻小事，但是敏感細膩的紗也香似乎認為是重大問題，每次只要她一哭，我說不出什麼有用的安慰話，只能默默點頭聽她訴說。

紗也香上國中後，參加軟式網球社，經常哭著說她遲遲無法適應社團活動，以及其他同學都比她打得更好。

既然這樣，那就退社啊。雖然我這麼想，但是把話吞進肚子，聽她抱怨時，不時點頭附和。

上高中後，紗也香沒有汲取教訓，再度參加硬式網球社。她在那裡撐了三年，最後在一場攸關可以進軍關東大賽的比賽中敗北，她又哭了。

只要搭總武線和京成線，想去東京的時候隨時都可以去。雖然我這麼想，但還是把這句話吞進肚子，聽她哭訴時，又頻頻點頭附和。

紗也香升上大三時開始和我同住，租的公寓就在市川車站旁，走路就可以來江戶川這裡，夏天只要走幾步就可以看到煙火大會，這是當初決定租這個房子的關鍵。她在船橋的LaLaport購物中心打工，熱衷參加社團活動，會去聽喜愛樂團的現場演唱，大學生活過得很精采，只不過最後還是必須面對大學生活最大的煩惱。那就是為畢業後找工作。「每次面試沒過，就覺得好像自己的人格被否定了」、「我三次都在最終面試時被刷下來」、「我身邊的同學不是打工地方的組長，就是社團的社長」、「我超討厭去面試時的服裝和髮型」，在求職活動這件事上，她的哭訴內容特別豐富。

既然這樣，那我就養妳一輩子。雖然我很想這麼說，但我當然沒能力說這麼豪氣的話，只能「嗯、嗯」點頭聽她訴苦。

正因為這樣，所以紗也香收到公司的錄取通知時，我真的超高興。紗也香興奮地跳了起來。那一次她又哭了，但那是喜極而泣。我很歡迎喜極而泣的愛哭鬼。

沒想到，這份幸福就這樣畫上句點。

為了慶祝她被錄取，我和她在家裡享用大餐。隔天晚餐時，我想起前一天的大餐，表現出今天的晚餐讓人沒什麼食慾之類的態度，於是就吵了一架。我衝動地衝出家門，然後發生車禍……

——我到底在幹嘛啊？

紗也香最後對我說的話是什麼？我記不太清楚了，好像是「幸太郎，你是個大笨蛋！」之類的。真的是很可悲的最後一面。

但是，也許讓她繼續覺得我是個笨蛋還比較好。

如此一來，紗也香就會覺得我只是不告而別，不知道在哪裡自由自在地過日子。

既然只剩下二十四小時，無論對我或是對紗也香來說，這樣都比較好……

——我不希望紗也香難過。

這是此刻的我最強烈的想法。

先不去大學，還是修改一下方案。幸好還有充裕的時間。

那要去哪裡呢？我打量周圍，打算重新安排時，發現剛好是學校放學的時間，有很多小學生和同學聊著天，結伴走在河岸旁。

看著那群揹著書包的長龍，我想起一件事。

——對了，有一件事我一直很在意。

我記得這件事讓我好奇了整個星期。我從家裡的窗戶前，看到有一名少年在放學路上做出不可思議的行為。我一直很好奇，那名少年到底是基於什麼目的那麼做？而且直到我死去，都不知道答案。

既然這樣，那就先去查明這件事。紗也香的事，等一下再好好思考。我相信在此之前，一定可以想出一切都很圓滿的方案。

我很樂觀。也許是因為有二十四小時這麼充裕的時間，而且那個引路人還說，我有足夠的時間可以睡午覺——

「你該不會不想去見紗也香了？」

引路人問。

我走在河岸上，正準備採取下一個行動時，他出現在我面前。

「嗯，幸太郎，你果然有點心猿意馬。」

別人的確經常說我心猿意馬、任性傲嬌，但是因為我剛才那麼大聲宣告：「我只想見紗也香！」所以在這個時間點遇到他，的確非常尷尬。正確地說，我覺得有一種輸了的感覺。我什麼話都沒說，匆匆轉過身。

「無論改變方向或是轉換心情都沒問題，反正有充裕的時間。要不要去藹藹路商店街？聽說那裡有一家麵包店的哈密瓜麵包很好吃。」

引路人不知道是否看穿了我的心思，還是完全不在意我的想法，在一旁自顧自地對我說話，而且不停地推薦哈密瓜麵包。他似乎還喜歡喝Max咖啡，果然是很愛甜食的螞蟻人。

「如果你想去我推薦的哈密瓜麵包店，隨時告訴我，我可以帶你去。」

引路人就像麵包店的店員般，一個勁地推銷一陣子之後，又消失不見了。

他到底來幹嘛？在這種狀況下，向我推薦哈密瓜麵包，根本有點莫名其妙……

難道引路人閒閒沒事做嗎？

○

我沿著很少有人經過的路，來到了家附近的公園。距離比剛才的河岸更近，從家裡的窗前就可以看到這裡。

那名少年做出不可思議行為的地點，就是那個公園內的一棵樹前。

最近這一陣子，少年每天下課之後，就會站在公園角落的那棵大樹前。每次都一動不動地站在那裡十幾分鐘，而且並沒有特別做什麼，只是站在那裡而已。我從家裡的窗戶剛好可以看到，每天都很好奇。

那裡到底有什麼？還是少年在等待什麼事情發生嗎？只要今天找到這件事的答案，這個世界上就可以少一個牽掛。雖然只是很微不足道的小事……

還是說，少年在樹下等人？

除了我以外，那棵樹下並沒有其他人。少年今天似乎還沒有來。周圍雖然有其他放學回家的小學生，但並沒有看到那名少年的身影。

怎麼辦？我一直等在這裡沒問題嗎？如果少年今天不來，我就會浪費大把時間。

但是，目前我並沒有其他事可以做，也不知道該做什麼。
雖然想要打發時間，但我所剩下的時間太寶貴，有點進退兩難。
我帶著一絲不知所措的心情，抬頭看著天空。
這時，旁邊那棵樹的粗大樹幹映入眼簾。
於是我發現了某樣東西。
——是蛹。
我之前曾經看過，那是蝴蝶的蛹。
我想起來了，那名少年站在這裡時，也都抬著頭。
原來是這樣。那名少年是在這裡等待蝶蛹羽化——
我終於恍然大悟。小學男生光是發現蝶蛹，就會興奮不已，而且很少可以親眼看到羽化的瞬間，所以他每天放學都來這裡，希望看到蝶蛹羽化。
我第一次發現，放在內心已久的疑問找到答案可以讓心情這麼舒暢。
我感到神清氣爽。
正當我感受著這種心情時。

——嗶嘰。

不，雖然實際並沒有發出聲音，但我覺得好像聽到這樣的聲音。

我發現蝶蛹出現一道裂縫。

現在就是羽化的瞬間！

不，等一下，少年還沒有來。那名少年一直期盼這個瞬間，既然這樣，就應該馬上帶他來這裡——

我立刻衝出公園，在馬路上奔跑起來。

在哪裡？他在哪裡……

我找了一下後，立刻發現他。幸好他已經來到公園附近。

太好了，接下來就要想辦法把他帶去那棵樹下……但是，如果突然靠近，似乎有點不太妙，而且這個年頭，搞不好我會有危險。而且說實話，雖然小孩子都很喜歡我，但我不太喜歡和小孩子打交道。

那就先吸引他的注意力……

那就在少年面前露一下臉。

「啊！」
少年剛好看向我的方向。
——太好了，就是現在。
我又開始跑，一口氣來到有蝶蛹的那棵樹下。
只要是喜歡玩躲貓貓小學生，看到像我這樣露一下臉就逃走，一定會追上來。
果然不出所料，少年追了過來。
他很快就跟著我來到那棵樹旁。
既然已經來到這裡，接下來就沒我的事了。
「啊！」
少年發出比剛才大三倍的聲音指著蝶蛹。
「蝴蝶！很快就會變成蝴蝶！快來看！」
他大聲叫著，呼喚著他的朋友。附近的一大群小學生聽到他的叫聲，一下子圍上來。現在就連女生都不那麼討厭昆蟲，應該說，是蝴蝶很受歡迎。我覺得在所有昆蟲中，紗也香應該也最喜歡蝴蝶。

「哇！」

「馬上就要生出來了！」

蝴蝶破蝶蛹而出的瞬間，的確很適合這種形容。

新的生命從蝶蛹中『誕生』了——

「啊！」

除了那名少年，周圍的小學生都異口同聲歡呼。

那正是蝴蝶從蝶蛹中誕生，以成蟲的樣子，在這個世界亮相的瞬間。

「好厲害……」

「我第一次看到！」

「你竟然可以發現！」

原本以為受到其他同學稱讚的少年會很得意，但他獨自注視著樹幹，臉上寫著滿足。

不知道我自己是怎樣的表情？

我想應該和少年一樣，也露出了心滿意足的表情。

○

我覺得自己做了一件好事。

但美好通常不會持續太久。

天空突然下起了雨。

時間一分一秒過去，天空滴滴答答下著雨。

我回到和紗也香一起生活的家裡順便躲雨，我沒有鑰匙，沒辦法自己開門進去，應該說，我原本就不想進屋。因為我覺得還是不要和紗也香見面比較好。我可以在這裡躲在暗處，只要看紗也香一眼就好。

目前的天氣是我的心情寫照。我現在的心情充滿悲傷。

我原本並沒有很討厭下雨，反而很喜歡在家裡看著窗外下雨。

但是，前一刻還很爽朗的晴空突然被烏雲籠罩，心情還是很沮喪。

不知道此刻紗也香的內心，是一片怎樣的天空？

就像眼前的天空一樣烏雲密佈嗎？

我又忍不住想起了紗也香。

她並不是只有愛哭而已。

回想起來，紗也香會敏銳地發現別人不會注意的事，因此很容易受傷。

「這個世界上，有一種名叫穿山甲的動物。」

有一天，我躺在家裡時，紗也香突然這麼對我說。

穿山甲是瀕臨絕種的動物，棲息在中國、馬來西亞等亞洲地區，和一部分非洲地區，外表看起來很像犰狳和食蟻獸，最大的特徵，就是全身長滿漂亮的鱗片。穿山甲也是世界上最常被違法買賣的野生動物。

某個地方的人認為穿山甲身上的鱗片具有藥效，在中國成為中藥等傳統藥物，還有其他國家把鱗片作為藥物，或是用於驅魔、作為裝飾品，經常有人違法獵捕和走私，所以穿山甲被指定為瀕臨絕種動物。我曾經看過鱗片被剝光，露出皮膚的穿山甲屍體堆積如山的照片。

紗也香告訴我，世界上有穿山甲這種動物。

在她告訴我之前，我完全不知道牠們是全世界最常被非法買賣、走私的動物，也不知道牠們遭遇了所有的鱗片都被剝下的悲慘命運。

但是，紗也香跟我一樣，她是在最近才知道這件事。

如果不知道，就不會為這件事難過。

一旦知道，我覺得紗也香的內心深處，會永遠掛念穿山甲。她發現原本不知道也無妨的事，然後開始擔心穿山甲，覺得難過。

但是，對紗也香來說，這並非只是壞事。

當然有好的方面。

紗也香的感性比別人更加敏銳，能夠看到我和其他人看不到的東西。

我之所以有這種感想，是因為紗也香的興趣是拍照。紗也香讀大學之後，買了一台相機。

起初她經常拍我作為練習，之後慢慢開始街拍，她特別喜歡拍一些平淡無奇的風景。

紗也香從來不拍所謂的美景或是美女之類的照片，而是日常生活中普通到不行的風景。

我很愛紗也香拍的那些照片。

在原野上綻放的淡藍色樸素小花。

在天空中飛翔的兩隻漆黑的烏鴉。

路燈下織出漂亮絲網的蜘蛛。

丟在路旁的鮮豔可樂空罐。

紗也香並不會拍美麗的天空或是大海，可愛的甜點或衣服，而是用相機記錄普通人過目就忘的東西，然後把照片貼在家裡的牆上。

所以，我認為紗也香能夠看到我和其他人無法看到的東西。

紗也香在這個世界比我看到更多美麗的事物。

就算是我不會多看一眼的事物，仍是紗也香眼中的美好事物。

這就是我喜歡紗也香的原因，是我羨慕她的地方。

不知道紗也香會如何拍下這片灰色天空。

比起晴朗的藍天，紗也香一定更願意拍下美麗的灰色天空。

——我想見紗也香。
一旦開始想紗也香，內心就百感交集。
我渴望見到紗也香。
雖然一度放棄和她見面，我不想讓紗也香難過，打算不告而別。
但是，我現在想見到紗也香。
我發現了。
我發現了自己真正的想法。
——去見她吧。
當我回過神時，發現自己奔跑起來。
我在雨中不顧一切地奔跑，即使渾身被淋得濕透也無所謂。
此時此刻，我只想見到紗也香。
時間已是傍晚。時間比想像中過得更快，我看著天空發呆了這麼久嗎？雖然平時也覺得時間過得很快，但今天感覺比平時更快。
平時這個時間，紗也香已經下課回到家了，但今天還沒有回家。紗也香到底去了哪裡？如果她偏偏今天晚回家就慘了，我就必須主動去找她。

但是，在哪裡、她在哪裡……

我完全無法猜到紗也香目前在哪裡，在做什麼？她今天有事嗎？搞不好她喜歡的樂團剛好今天舉辦演唱會。

雖然從外表看不出來，但紗也香喜歡狂野的搖滾樂團，我也喜歡她的這種反差。……不，這種事現在不重要，如果她真的去聽音樂會，我完全不知道Live house在哪裡，而且根本去不了那裡。我陷入了困境。

怎麼辦？我該怎麼辦才好？

啊，這種時候，是不是可以向引路人求助？

既然他是引路人，一定可以帶我去紗也香所在的地方。好，那就先找引路人……

想到這裡，我又突然想起一件事。

——引路人剛才不是一直向我推薦什麼哈密瓜麵包店嗎？

他該不會想要藉由這種方式，告訴我紗也香會去那裡？但也有可能只是因為他是螞蟻人的關係，畢竟他整天在喝Max咖啡，只不過現在沒有其他選項，只能賭一把看看。畢竟想來想去，這是引路人在剛才的時間點推薦哈密瓜麵包店的唯一理由。

沒時間煩惱了。我沿著路旁開始跑。商店街就在前面。我要去見紗也香，然後緊緊抱住紗也香，讓她也緊緊抱著我。

我來到市川車站北口的藹藹路商店街。店家的招牌已經亮起燈，我穿越撐著雨傘的人潮，直奔哈密瓜麵包店。

拜託，拜託紗也香，一定要在那裡……

——我終於來到哈密瓜麵包店。

但是，紗也香並不在那裡。

我的願望沒有實現。

引路人，怎麼會這樣？

原來他真的只是愛吃甜食而已嗎？

竟然誤導我。

不，是我自己會錯意。

已經是最後一面了，我竟然在這種時候犯錯。

搞什麼嘛，連最後的最後都無法順心如意……

——這時，我聽到有人叫我的名字。

「心太軟？」

那是我熟悉的聲音。

雖然我的視力不太好，但耳朵可靈光了。

即使老鼠在二十公尺外的地方走路，我都可以聽到牠們的腳步聲。

所以，我絕對不可能聽錯。

「……心太軟，是你吧？」

是紗也香。

紗也香就在這裡。

「心太軟！」

紗也香的雙眼馬上流下淚水。

紗也香果然是愛哭鬼。
但是，她現在可能是喜極而泣。
如果是這樣，好像就沒關係。
「你去了哪裡？渾身都濕透了！你知道我有多擔心你嗎！」
紗也香抱著我說道。
「我可是買了你最愛的飯飯，一直在家裡等你！」

○

「喵嗚！」
「不要動！」
紗也香用浴巾擦拭著我濕透的身體，雖然蓬鬆的浴巾很舒服，但紗也香的動作有點粗暴。
「你到底跑去哪裡？我擔心死了……」

也許是因為她心裡有怨氣。

但是，紗也香再次把我抱在手上後，從超市塑膠袋中拿出美味的飯飯放入貓碗中。

嗯，果然美味可口。每次吃完這種大餐，看到隔天又恢復平時硬邦邦的乾糧，就會忍不住把貓砂撥到乾糧上。我以為這麼做，紗也香就會送上大餐。

「肚子餓了吧？」

紗也香撫摸著我的頭。我大快朵頤，心愛的人撫摸著我。

這簡直是無比幸福的時刻，難以想像我剛才還在雨中的街頭淋雨奔跑。

「你已經是老爺爺了，吃慢點。」

紗也香這麼說，所以我刻意放慢速度，只是不知道是不是真的慢了下來。

「來，過來我這裡。」

紗也香看到我吃完後，坐在床上，拍拍自己的腿。

這是固定的暗號。

我像往常一樣，跳到紗也香的腿上，坐在我的頭等席上。

「你終於回家了，太好了……」

紗也香把手放在我的背上。

——我在半年前，開始和紗也香兩個人一起生活。她高中畢業後，就一個人住，那時候我留在老家。紗也香升上大學三年級後，大學的課業壓力沒以前這麼大了，於是就決定把我接來和她同住。

以前在老家時，我每天都和她一起睡在床上。不，其實好像只有天冷的時候會一起睡，天氣熱的時候，我通常會躲到只有我知道的好地方發懶，但我最喜歡在冬天的時候，鑽進紗也香溫暖的被子。雖然我之前說，我的興趣是睡覺，但其實我很希望可以一直睡在紗也香身旁。

「幸太郎的名字唸起來很像『心太軟』。」

紗也香是全家第一個說這句話的人。

當初是奶奶為我取了名字。「這孩子是為伊勢谷家帶來幸福的家庭新成員，名字就叫伊勢谷幸太郎！」雖然覺得自己有點扛不起這個名字，但我很喜歡，而且每次聽到紗也香嗲聲叫著我「心太軟」，我就歡樂得不得了。

雖然奶奶也很疼愛我，但紗也香最常陪伴在我身旁，紗也香把我視為她最好的聊天對象。

她總是悄悄把無法告訴朋友、父母、爺爺、奶奶的事告訴我，而且只告訴我而已。我覺得和她在一起的時光是無比幸福的時間。

因為這個緣故，所以紗也香搬離老家的兩年期間，我真的超寂寞，食慾變差，體重減少了三百公克左右。話說回來，我剛好趁這個機會減肥。

當我又能夠和紗也香一起生活後，簡直樂壞了。紗也香一個人生活似乎很寂寞，她在家的時候，我們幾乎都黏在一起。我們在一起生活的日子，真的每天都everyday，幸福很happy。

——我原本是街貓，紗也香小時候去公園玩的時候，偶然遇到了我。

我至今仍然清楚記得當時的事。紗也香一雙圓滾滾的大眼睛就像寶石，頭髮比現在更長，綁著兩根辮子。她是笑容很可愛的女生，每次看到她的笑容，我也會情不自禁跟著露出笑容。

也許因為我原本是街貓，所以長大之後，有時候會出門。這種時候，伊勢谷家的人就會嚷嚷著「幸太郎離家出走了！」、「幸太郎逃走了！」立刻把我抓回家。

但是我來紗也香的家裡之後，從來沒有出過門，但最後還是由於吵架而衝出家門。我真的上了年紀，腰腿變差了嗎？以前就算有車子突然衝出來，我也可以迅速閃過去……

「心太軟，你不知道我有多寂寞……」

紗也香說完這句話，又抽抽噎噎地哭了。

即使是我也知道。

這次的淚水和剛才不一樣。

這不是喜悅的淚水。

而是悲傷的眼淚。

「我真的超擔心、超擔心……」

雖然我很想向紗也香道歉說「我真的是天字第一號大笨蛋，對不起，一直讓妳為我操心」，但現在的我，當然沒辦法親口說這句話，只能點頭默默聽她說話。

我在這個世界，無法開口說話。

如果可以像在再見的彼岸，和引路人說話那樣，也和紗也香一起聊天，那就太完美了。

「心太軟，你看，又多了幾張照片。」

真的欸。牆壁上又多了幾張新的照片。

也有一張好像隨時會下雨的灰色天空的照片。在紗也香的鏡頭下，果然看起來是完全不同的風景，看著那張照片，就覺得內心深處都充滿溫暖。

「心太軟，還要再吃點罐罐嗎？」

嗯，我已經吃飽，心滿意足了。

「心太軟，等一下記得要喝水。」

嗯，其實我剛才喝了一些水窪的水。

「心太軟，以後不可以挑食。」

嗯，我已經知道，挑食會導致不必要的爭吵。

「心太軟，以後不可以隨便跑出去，要一直在這裡。」

……對不起，這件事我沒辦法答應。

「……心太軟，我好愛你。」

嗯，我也很愛妳——

——紗也香可能哭累，就這樣睡著了。

紗也香躺在床上。

臉上仍然留著淚痕。

我不知道讓她操了多少心。

而且，我不知道像這樣回來看紗也香，是不是正確的決定。

當紗也香早晨醒來時，我已經不在這裡了。

不知道紗也香會多難過。

她一定會放聲大哭。

是否不該回來和她見面，就這樣不告而別，不該讓她空歡喜一場比較好？

我到底該怎麼辦？

我不知道，也不可能找到答案。

我不知道什麼是正確，什麼是錯誤。
唯一確定的是，我還想多陪陪紗也香。
我已經十九歲，我知道對貓來說，已經算是貓瑞了。
但我很健康。
我至少還可以活兩三年。
如果再活兩三年，就可以看到紗也香大學畢業了。
她順利工作後，也許可以找到一個讓我安心的結婚對象。
但是，我已經等不到那一天。
我無法繼續留在她身邊了。

我用自己的鼻子貼在熟睡的紗也香鼻子上。
如果是冬天，我這麼做，紗也香就會醒來。
因為貓的鼻子一年四季都有點濕濕的，尤其在冬天，會有點冰涼。
早上我肚子餓，想要吃飯時，我知道這一招最奏效。

我也知道，當門關上時，我只要「喵」一聲，紗也香就像聽到「芝麻開門」一樣，會幫我開門。

而且我知道紗也香從以前住在老家的時候開始，每一扇門都會打開一條縫。

那是留給我的路。

就算是冬天，會有冷風吹進房間的季節，她仍會為我打開差不多是我身體寬度的門縫，讓我可以進來。

但是，我離開之後，紗也香可能就會關上門。

紗也香會這樣，也許是明白了我已經離開她。

她也許會關上所有的房門，獨自在房間內流淚。

——紗也香，對不起。

我太任性了。

我任性地為晚餐鬧脾氣，任性地衝出家門，結果就被車子撞死了。

我真的是大笨蛋。

我也知道自己太任性。

……雖然自己說有點那個。

但是貓不就是活得自私隨興，任性傲嬌嗎？

今天最後也因為實在太想見紗也香，所以就跑來見她。

對不起。

我再次離開後，紗也香一定又會大哭。

對不起，我直到最後，都這麼任性。

……對不起，我就這樣任性地死了。

但是，最後的最後，我可以自私地說一句任性的話。

如果，我是說如果，如果紗也香願意。

——我希望妳下次再養貓。

貓好像可以轉世投胎好幾次。

我忘了是在哪裡聽說這句話。

啊，對了，剛才和引路人在一起時，我想不起那句諺語，現在終於想起來了。

有一句諺語叫做『貓有九條命』。

這句諺語的意思是，貓有很多條命，可以轉世投胎九次。

所以，我下次投胎還會當貓。

然後一定會去找妳。

到時候，希望妳再次飼養我。

這樣一來，我們之後可以繼續在一起。

我也會嚴格遵守一直在家裡的約定。

每次都活到二十歲，然後一次又一次轉世投胎，當妳變成一個一百八十歲，走路都會顫顫巍巍的老太太，我也會陪在妳身邊。

這樣的話，我就絕對不會讓妳難過了。

所以，拜託妳。

請妳答應我最後的任性。

紗也香，謝謝妳。

能夠和妳一起生活十九年，我真的很幸福。

主人，我愛妳——

幸太郎最後又像在親吻般，用鼻子貼著紗也香，輕輕「喵嗚」了一聲。

第四話

再見的彼岸

「妳想和誰見最後一面？」

站在神樂美咲面前的引路人注視著她的雙眼問道。

這裡是再見的彼岸。

眼前這個男人是引路人。

美咲還可以回到現世，和想見的人見最後一面。

引路人已經向她解說過這件事了。

「我想見誰最後一面……」

突然被這樣問，美咲無法立刻想到答案。

她平時從來沒有想過這個問題，而且做夢都沒想到，自己竟然會遇到這種狀況。

美咲用手指理了理黑色長髮，努力讓自己的心情平靜下來，然後思考著引路人對她說的話。

「妳在為這個問題傷腦筋嗎？」

引路人問，但並不像是在催促，從他說話的態度，感覺想要助美咲一臂之力。

美咲的確在煩惱，但是，美咲內心對一件事心意已決。

「我……」

美咲直視著引路人說：

「……我想唱歌。」

美咲還有未完成的事。

◆

美咲在二十一歲時離開人世。

她死得太早了。

但是，她的死亡並不突然，因為她從小就有心臟疾病。

「不知道這孩子能不能活到五歲。」

美咲在讀國中一年級的十二歲時，從父母口中得知，當她剛出生時，主治醫生這麼告訴她的父母。

父母帶著讚嘆告訴她這件事，他們認為「雖然醫生這麼說，但妳還是順利長大，現在已經是中學生了」。

但是，美咲從讀小學開始就經常請假，曾經多次住院，因此聽到父母這麼說，只覺得「是喔，原來還有這種事」。即使知道了這件事，也無法改變過去所發生的事，更不可能改變以後的任何事。雖然她必須服用好幾種藥物，但日常生活並沒有太大的煩惱，在學校和同學在一起的時間也很快樂，最重要的是，父母都深深愛著美咲。

「媽媽會一直陪伴在妳身旁。」

曾經是游泳選手的媽媽經常對她這麼說。

「爸爸的人生意義，就是為了守護妳。」

柔道黑帶、在警界服務的爸爸也三不五時對她這麼說。

「既然這樣，如果你們兩個人為了保護我而打起來，到底誰會贏呢？」

一家三口像這樣有說有笑的時間，是美咲最大的幸福。

——只不過幸福的時光並沒有持續太久。

那是美咲國二那一年的事。

美咲加入的吹奏樂社去參加縣賽，回家的時間比較晚，所以爸爸和媽媽開車去接她。

美咲在離家最近的車站等待時，淚水在眼眶中打轉。因為他們只得到了銀牌。原本她很希望可以進軍關東大賽，讓爸爸和媽媽看到她出色的表現，可以藉此回報總是支持她的父母，如今卻失去了這樣的機會。

而且，等在車站的美咲接到一個消息。

她立刻收起了淚水。

也許人在受到強烈的打擊時，感情和思考都會停擺。

美咲得知了極為悲慘的事實——爸爸和媽媽來接她的途中，車子被酒醉駕車的貨車司機追撞，發生了意外。

爸爸和媽媽都當場喪生。

美咲最愛的乳酪蛋糕掉落在離車禍現場十幾公尺的路上，爸爸和媽媽準備了蛋糕，想要安慰努力了這麼久，卻無法在比賽中獲得金牌的美咲。

父母應該做夢也沒有想到，竟然會以這種方式和女兒永別。美咲也一樣，她以為一如往常的日子會繼續持續下去。

她理所當然地認為，以後爸爸和媽媽上了年紀，變成老爺爺和老奶奶，仍然會陪伴在自己身旁。

但是，現實並不是這樣。

她一下子同時失去最愛的爸爸和媽媽。

一直陪伴在自己身旁的父母，突然就這樣離開了。

她完全不想責怪父母「騙人」。

但是，那天之後，美咲就變了。

原本她的心臟就不好，但在父母死後，美咲重新面對每天的生活。

珍惜每一天，不要留下任何遺憾。這種想法或許了無新意，但是，美咲比任何人更痛切地體會到這句話的涵義。

上高中之後，她開始打工，同時開始一個人的生活。

她精打細算，用為數不多的存款買了一把二手吉他，組了樂團。

暑假時，她用搭便車的方式獨自旅行，曾經騎著腳踏車，沿著鐵路去遠方。

高中畢業時，她曾經在當地的 Live house 獨自表演。

只要是力所能及的事，她都會去嘗試。

也許在旁人眼中，會覺得她的生命在快轉。

但美咲完全不在意。

永遠都無法知道在人生中明天和意外哪一個會先來臨，只要有想做的事，她就會馬上付諸行動。

這就是美咲得出的結論。

也許人生比想像中更短暫——

「妳慢慢思考沒關係，要不要來一罐 Max 咖啡？」

……美咲覺得自己和這個引路人合不來，不禁有些不安。她覺得一開始就受到引路人悠哉的步調影響。

「……好吧，那就給我一罐。」

她接過引路人拿出來的咖啡。

其實她從來沒有喝過Max咖啡，有點好奇。

「好甜，但是很好喝。」

她同時表達出兩個感想，但引路人只接受後半部分。

「對不對？那是我的最愛，每次結束引路的工作，我都會以實物支薪的方式，領取Max咖啡作為報酬。」

「作為報酬！？」

太難以置信了。美咲超喜歡吃乳酪蛋糕，但是再怎麼愛吃，也無法接受用乳酪蛋糕作為她打工的報酬。

沒想到引路人竟然毫無怨言，不，非但沒有怨言，而且看起來還喜孜孜的，美咲只覺得驚訝。

「……我已經休息好了，可以繼續了嗎？我剛才就已經決定好見最後一面的對象了。」

她把喝完咖啡的空罐放在腳下。

引路人才喝了一半。

「我還來不及插嘴，妳就在轉眼之間決定好了。請問妳要見誰呢？」

「我想要去見大倉忍。」

大倉是美咲的小學同學，目前是美咲所組的雙人樂團『平裝本』的搭檔。

『平裝本樂團』的主唱是美咲，由她負責作詞，大倉負責作曲和彈鋼琴。美咲在高中時接觸吉他，組了樂團之後，毫不猶豫地踏上音樂之路。在畢業之後，就和同為樂團成員的大倉兩個人成立樂團。

美咲的歌詞和歌聲很受歡迎，大倉的作曲和演奏受到認可，但這只是在小型Live house內的成績。他們組樂團至今已經三年，還沒有走紅。

大倉的祖父在岩手開設一家釀酒廠，大倉的父親繼承了家業，目前即將輪到身為孫子的大倉接手。

在美咲開始聽到這個威脅到樂團存亡的消息後不久，大倉對她說：「我有重要的事想和妳談一談。」美咲憑直覺認為，大倉要和她談解散樂團的事，那次之後，美咲始終避開和他單獨聊天的機會。

但是，命運很奇妙，沒想到在他們即將解散之際，接到音樂祭表演邀請，並且會在電視台進行實況轉播，音樂祭邀請了許多新秀樂團，由現場和電視機前的觀眾投票決定奪冠樂團。一名音樂祭主辦單位的人員剛好看到美咲在柏的 Live house 的表演，因此發出邀請。

美咲認為這是她最後的機會。

她下定決心，要利用這個機會一炮而紅，阻止樂團解散。

——但是，命運不只是奇妙，更迎來了坎坷的結局。

美咲突然心臟病發作。

也許是由於最近身體狀況很好，因此她忘了按時吃藥，導致不幸。

朋友來訪發現她時，美咲的心臟已經停止跳動。

美咲二十一年短暫的生命就這樣落幕——

「我忘了說一件事，在見最後一面時，有一項規定。」

「有一項規定？」

美咲聽到引路人補充的話，有一種不祥的預感。

「妳無法和已經得知妳死去的對象見面。」

預感成真。

「你應該先說這項規定啊！你領取Max咖啡作為報酬這種事根本不重要。」

「不好意思，因為之前有人反映一下說太多，會陷入混亂……」

引路人在道歉後，又補充說明美咲目前的靈魂很朦朧，必須藉由他人的記憶和認識，才能夠勉強維持，以及見最後一面的時間只有二十四小時等詳細的內容。

「……搞什麼啊？」

美咲已經懶得生氣。

「那我該怎麼辦才好……」

「妳可以慢慢思考。」

引路人說完，喝完手上的Max咖啡。他真的在細細品嚐。

美咲絞盡腦汁思考。

說到想見的人，她最先想到的是父母，但他們早就離世，當然不可能如願。

既然這樣，現在最想見的當然就是剛才提到的大倉。除了父母以外，至今為止，和大倉在一起的時間最長，而且美咲無論如何都希望能夠最後一次站上舞台。否則死了也無法瞑目。

自己還是很想唱歌。

對美咲來說，這個未竟的夢想比死亡這件事更悲傷，是這個夢想讓她仍然堅持著。

——想做的事，就要馬上付諸行動。

美咲回到原點。

然後，她的腦海中浮現一個妙計。

「也就是說，只要大倉不知道是我，就沒問題了，對不對？」

「妳打算變裝去見他嗎？」

「……什麼嘛？我還以為自己想到了驚人的妙計。」

「不，我認為是很出色的好主意，但是幾乎沒有人實際這麼做。因為變裝之後，站在另一個人的立場，無法直接傳達自己的想法和心意，而且萬一對方察覺，最後一面就會在那個瞬間結束。」

「別擔心，我只要能夠唱最後一次就行了，而且我有自信，大倉不會發現。」

「自信嗎？」

「對啊，我自信十足，我比你更瞭解大倉，請你馬上幫我準備回到現世。」

美咲催促引路人事出有因。明天就是舉辦音樂祭的日子，她絕對不能錯過這個機會。

「美咲，妳真是太性急了。」

引路人雖然嘴上這麼說，但還是配合她，俐落地開始行動。

他打個響指，美咲眼前就出現一道木門。

「只要走過這道門，就可以回到現世。剛才我已經說了，時間是二十四小時，妳現在回去，現世剛好是晚上八點，明天晚上八點就是時限。」

「謝謝你特別詳細說明。」

「我認為性急的人會很在意時間，所以確認一下以防萬一。美咲，那就請妳一路小心。」

引路人以柔和的笑容送美咲上路。

「好，那我走了。」

美咲毫不猶豫地用力打開眼前那道門。

○

「……這樣絕對沒有問題。」

這可能是我第一次站在千葉公園廁所的鏡子前，這樣仔細打量自己的臉。但是我看到的並不是熟悉的臉，簡直就像是另一個人。

原本一頭遮住半個後背的長髮髮變成露出耳朵的超短髮，頭髮染成了之前從來沒有想要嘗試過的金色，妝容從原本的自然妝變成完全相反的都會風。

最後，我戴上遮住鼻子和嘴巴的口罩和彩色隱形眼鏡。這已經不是自信滿滿而已，而是只剩下自信了。現在只要戴上口罩，就可以發揮變裝效果，但我還是謹慎行事，而且原本就很想染成金髮試試看。

「沒問題……」

我輕輕拍拍自己的臉頰，替自己打氣。

這個公園就在大倉租屋處附近，大倉每次作曲時，都會來這裡。果然不出所料，今天也在公園看到大倉的身影。

大倉坐在那裡，茫然地看著幾乎沒有星星的夜空。旁邊放了一罐番茄汁。那是大倉最愛的飲料。

「好……」

準備就緒。時間一分一秒地過去。我花了一個小時剪頭髮、染頭髮和化妝，只剩下二十三個小時了。現在沒時間猶豫。

「請、請問……」

我微微垂下雙眼，向大倉打招呼。

我還不敢正視他。雖然我徹底變裝，但萬一被他發現，所有的計畫都毀了，我還來不及完成夢想，就要離開這個世界。

所以，希望大倉不要發現我——

「……呃，有什麼事嗎？」

看了大倉的反應，我忍不住想做出勝利的姿勢。因為大倉眼中完全沒有重逢的喜悅，只有困惑的眼神。但是，我不能犯下任何疏失，必須小心謹慎……

「我叫……美樹。……我是美咲的堂妹，你是『平裝本』的大倉先生，對嗎？」

「妳是美咲的堂妹美樹……」

大倉聽了我的自我介紹，仔細打量著我。

慘了，這個設定有問題嗎？為了讓大倉覺得即使我和美咲氣質有點像也很正常，所以我決定自稱是堂妹，如果反而因此被他發現是我本人，那就真是賠了夫人又折兵。為了謹慎起見，我甚至改變了說話的聲音，只不過我們從小學生的時候開始，就每天見面……

「……原來是這樣，妳的眼睛比美咲漂亮。」

……要不要揍他一拳？

我忍不住握緊拳頭，但我直接做出勝利的姿勢。沒有枉費我仔細化妝、戴上口罩，而且還戴上彩色隱形眼鏡。他沒有認出是我，是最大的好消息，突破這個難關是眼前最重要的事。

雖然是馬後炮，但我覺得其實沒必要這麼擔心。大倉向來就不是會注意細節的人，在讀高中時，我曾經惡作劇變裝，在路上假裝是別人，然後向他打招呼，他根本完全沒有發現。

我記得那一次我只是戴上口罩，把平時放下的頭髮綁起來而已。這一次在變裝時更加用心，也許原本就不需要擔心大倉會發現。如果是觀察敏銳的人，可能就很不妙。包括這件事在內，我很慶幸自己見最後一面的對象是大倉。

「……但是，妳怎麼知道我在這裡？」

大倉的表情和前一刻完全不一樣，難以想像他前一刻還在開玩笑。聽引路人說，我已經死了一個星期，也許大倉還沒有完全接受這件事。

「……我是為了『平裝本』在音樂祭的演出來找你。」

「不，那件事……美咲已經不在了，所以……」

我從來沒有看過大倉臉上的這種表情。

他總是雲淡風輕，一副與世無爭的態度。

我在登台表演前緊張不已時，大倉總是一如往常的淡然態度，讓我感到安心。

不知道為什麼，看到大倉好像隨時快哭出來的臉，我才意識到自己死了。我察覺到無法克制的感情在內心膨脹。當我繼續思索時，感覺好像快要爆炸，突然有點無法呼吸。

——不行，不要再想了。

現在只要思考如何在能力範圍內，完成自己未竟的夢想就好，否則就失去回到現世的意義。

「……但是，我無論如何都不希望美咲的夢想變成泡影。」

「美咲的夢想？」

「美咲曾經告訴我，她無論如何都想站上那個舞台……」

那是我的真心話。

我認為那是最後的機會。

「美咲曾經說，她想把你們的歌傳達給很多人，『平裝本』的歌天下無敵，只要別人聽了，就一定能夠被打動。」

所以，我現在才會站在大倉面前，決定把最後一面的二十四小時用在這件事上——

「雖然妳這麼說，但我一個人……」

當大倉低下頭時，我對他說：

「——可以由我來演唱。」

「啊？」

「我對唱歌很有自信，大家都說我的聲音和美咲很像，美咲還曾經對我說：『如果我出了什麼狀況，拜託妳代替我唱歌』……」

雖然這是我臨時想到的藉口，並不算是謊言，這是此刻身為美樹，也同時是美咲的我內心真實的想法。

「呃，妳突然這麼說，但我……畢竟，『平裝本』原本屬於我和美咲兩個人……」

「屬於你們兩個人……」

我發現自己聽到大倉這麼說感到很高興，但是我不可以就這樣接受他的說法，對他說聲「謝謝」，然後就作罷。我們還有未竟的夢想。

「……大倉先生，你已經打電話給主辦單位取消表演了嗎？」

「還沒有……」

「那不是就意味著你也很想站上舞台嗎？」

「……」

「美咲曾經對我說，她希望你們的歌聲可以傳達給聽眾！歌聲是她能夠留在這個世界上唯一的東西！如果無法把歌聲傳達給聽眾，她死也無法瞑目！」

我說出了內心所有想法。

這是我能夠以美樹的身分說出的所有話語。

我認為已經表達了自己的真心。

大倉沒有馬上回答。我不知道他是不知如何回答，還是在思考之後的事。

「呃……」

大倉開口。

但是，他的回答並非如我所願。

「對不起，我還是無法想像。只有我寫的曲子和美咲的歌聲結合，才能成為『平裝本』的歌，我無法和妳一起站上舞台。而且我現在已經……」

我不需要聽他說完這句話，就知道他想說什麼了。

大倉想要說出自己的去留。我離開之後，他一直經過反覆思考，得出這個結論。原本他家裡就要求他回家繼承祖父的釀酒廠。

我即將離開這個世界，無法不負責任地干涉大倉今後的人生……

「對不起……但我很高興能夠遇到瞭解美咲的人。」

大倉說完，轉身離去。

……失敗。

我的計畫失敗。

我無法再唱歌了。

無法讓別人聽到平裝本的歌了。

我將會帶著空虛從這個世界消失，無法在這個世界留下任何東西。

然後，大倉將放棄音樂。

他明明這麼有才華。

——但是，這樣真的好嗎？

我難得有機會回到現世，可以和他見最後一面。

我活著的時候，覺得在音樂祭上演出是最後的機會，但現在才是真正的最後機會。

我不希望就這樣結束。

我不可以讓事情就這樣結束。

大倉，我就在這裡——

「——向晚五點的鈴聲……」

我開口歌唱。

我大聲演唱，隔著口罩，但歌聲仍能傳出去。

這是唯一的方法。

這是「平裝本」的歌。

我無法用言語說服大倉。

我一開始，就只有這個武器。
我只有歌聲這個武器。
「——響起之前……」
我清唱完主歌的部分，原本背對著我的大倉緩緩轉過身。
「剛才的是……」
大倉的表情和前一刻判若兩人。
我的歌聲傳到大倉的內心深處。
如果我現在問剛才那個問題，大倉一定會有不同的回答。
我很清楚。
大倉自己也很清楚。
但是，我們都覺得說出口太破壞氣氛，於是我們同時點點頭。

○

「要不要再到前面點？」

「不用了，再往前走，海浪的聲音會很吵。」

「我覺得海浪的聲音很好聽。」

「無論是什麼聲音，一旦覺得吵，就變成了雜音，而且夜晚的大海很可怕。」

「平裝本」未來的路已經決定，接下來就要和時間賽跑。我和大倉一起在千葉公園搭了輕軌，在千葉港車站下車，來到千葉展望塔所在的港灣。我提出繼續往海邊走，但大倉拒絕我的要求。我能夠理解他的心情，夜晚的大海的確很可怕，好像有什麼可怕的東西在水裡張開大口等待著。

我們在遠離沙灘的台階處坐下來討論。

這真的是最後的機會。

平裝本的結局即將拉開序幕。

「……我打算明天唱這首新歌。」

我提出了一直在內心醞釀的事，大倉相當驚訝。

「喂喂喂，不會吧？明天就要登台表演了，而且當然要唱我之前和美咲一起寫的歌……」

大倉的話還沒說完，我就把一張紙遞到他面前。

「這是……」

「這是美咲最後寫的歌，我認為沒有理由不發表。」

「美咲最後寫的歌詞……」

我並沒有說謊。

這的確是我在今天剛寫完的歌詞。之前只有片斷的歌詞，但是這些片斷的拼圖直到我生命的最後一刻，都無法完美地聚集在一起。

諷刺的是，在我經歷死亡之後，剩下的拼圖碎片都紛紛浮現，完整地拼在一起。完成的歌詞是此刻的我能夠寫出的最完美境界。

「……我覺得，這首歌超讚。」

大倉仔細看完歌詞後說。

「……我想為這首歌譜曲。」

說完這句話，他全神貫注地注視著歌詞，從琴盒中拿出鍵盤，好像我根本不存在。

「這裡……這樣比較好。」

他為我寫的歌詞譜上一個又一個音符。

簡直就像主廚俐落地烹調我帶回來的食材。

大倉作曲的品味深受眾人好評，我很喜歡大倉創作的旋律。

海浪聲和大倉手指敲打鍵盤的聲音變成背景音樂，我注視著心無旁騖地投入作曲的大倉側臉。

——我和大倉曾經交往過。

我和大倉從小學就是同學，我們住得很近，這成為我們聊天的契機。每次我請假在家休息時，大倉就會把講義和上課筆記送來我家。

大倉在家學鋼琴，合唱比賽時，都由他負責伴奏。但是我知道，其實他唱歌也比別人更好聽。我個子很矮，所以能夠站在鋼琴旁的頭等席看著他邊彈鋼琴邊唱著歌詞的側臉。

在我上了國中，失去父母時，大倉一直陪伴在我身旁。在我們開始交往之前，他就曾經對我說了「以後由我來保護妳」這種青澀的話鼓勵我。

大倉遵守承諾，曾經救過我好幾次。

國中三年級時，我和朋友一起去海邊游泳。當我被沖到海上溺水時，大倉解救了我。

高一的時候，他用單臂過肩摔收拾了對我糾纏不清的跟蹤狂。

大學一年級時，我在上學的電車上遇到變態，又是他抓住色狼。

大倉一次又一次保護我。

我怎麼可能不愛上他？

我應該在小學看到他彈鋼琴時，就已經被他吸引了。

也許他三番五次救了我純屬偶然，但我喜歡他是必然的結果。

——但是，在交往三年後，我向大倉提出分手。

當時，「平裝本」已經開始表演，我知道大倉和我交往很認真，日後有結婚的打算。

但是，正因如此，我決定要和他分手。

因為我和普通人不太一樣。

雖然也許這個世界上，根本沒有任何人是普通人，但是，在我身體中心的心臟，還是和別人很不一樣。

我不知道自己什麼時候會發生什麼狀況，我覺得自己和別人不一樣，身體內有一個肉眼看不到的不定時炸彈。

每次想到自己的身體，就覺得看不到未來，也不願意把別人捲入這樣的未來。

醫生曾經對我說，我無法生孩子。生兒育女會對心臟造成很大的負擔。

這樣和大倉繼續交往下去，遲早會走到結婚、生子的階段，我選擇主動避開。

我並不是不想得到幸福。

但是，我已經放棄，覺得自己不可能得到幸福。

一旦對方成為我心愛的人，我也成為對方心愛的人，在分手的時刻，彼此都會感到痛苦。到時候，痛苦就會加倍，等待我們的，一定是令人無法正視的結局。

所以，分手絕對是最好的決定。

既然最後會失去，那就乾脆不要擁有；既然以後會傷心難過，不如連最初的喜悅也放棄。

最重要的是，我不希望把別人捲入這樣的未來。

而且定時炸彈的確爆炸了。

但是，我在短暫的人生中活出精采。

而且，我希望在最後最後能夠演唱。

因為歌聲是我在短暫的生活中，唯一能夠留給這個世界的東西——

「……美……樹？」

我聽到有人叫我。

「……美樹？」

「啊……」

原來我沉思了很久。

大倉的叫喚讓我有一種從長眠中醒來的感覺。

「妳在發呆啊。明天就要正式上台表演，我譜完曲之後，今晚我們要熬夜練習。妳去補充一點咖啡因、咖啡因，麻煩幫我買番茄汁。」

「你真的很愛番茄汁。」

「咦？我有說過我愛喝番茄汁嗎？」

「啊，不是啦……」

——慘了。我不小心用平時的態度和他說話。

必須趕快化解這個危機……

「呃，你剛才在千葉公園不是也喝了番茄汁嗎？所以我這麼覺得。」

「喔喔，原來是這樣，原來是這麼回事。是啊，我超愛番茄汁，茄紅素對皮膚很好。」

「……你為什麼這麼在意皮膚？」

「也不是在意皮膚，妳不覺得茄紅素的名字很可愛嗎？絕對是穿著飄逸裙子的女生。」

「營養成分哪有男女之分……」

大倉嘿嘿笑著，拿出零錢給我說：「拜託了。」雖然我對他說話時仍然用敬語，但總覺得和平時聊天沒什麼不同。大倉的個性與世無爭，和他在一起時很舒服。

我來到不遠處的自動販賣機前，看到了意想不到的人。

「看來妳的策略很成功。」

是引路人。

他手上拿的竟然不是Max咖啡，而是一罐黑咖啡，還真難得。

「嗯，好苦，太苦了。」

「咖啡本來就是苦的。」

引路人的表情好像高纖青汁的廣告。即使在現世，他仍然一派輕鬆的樣子，我覺得他和大倉很像。

「我還是喜歡Max咖啡，黑咖啡太苦了，根本喝不下去。」

我買了一罐番茄汁和一罐營養補充劑。

「喝了這個，我就渾身是勁！」

雖然我並沒有打算虛張聲勢，但我模仿廣告詞這麼說。

引路人瞇眼笑了。

「美咲，妳真有活力，難以想像妳和我一樣，已經是離開人世的人。我很少遇到不需要我引導，積極主動採取行動的人。」

「咦？你以前也是普通人嗎？」

「對啊，沒錯。」

「原來是這樣，原來你並不是所謂神的使者。」

「很遺憾，我只是普通人。」

「那麼，在你成為引路人之前，還有其他引路人嗎？」

「顯然是這樣。」

「那你死的時候，去和誰見了最後一面？」

引路人聞言，猶豫起來。

「這……」

然後，他緩緩回答了我的問題。

「……不瞞妳說，我沒有去見任何人。」

「呃……」

「……有各種原因。那都是遙遠過去的記憶了。」

「引路人先生……」

我覺得自己第一次看到引路人這麼嚴肅。

「所以啊，我非常瞭解那些無法去見想見的人的心情，這是唯一持續留在我內心的悔恨。如果能夠再一次說『我回來了』，然後回到自己家裡，那是多麼美好的事。如果可以用這雙手抱著自己心愛的人，不知道有多幸福……」

「引路人先生……」

我當然不可能瞭解引路人的過往。

但我一直以為他只是引導去那裡的人，也總是雲淡風輕，沒有任何煩惱。

沒想到事實並不是這樣。

也許這個世界上，真的沒有所謂的普通人。

每個人內心都有無法抹去的懊悔。

雖然大家在別人眼中看起來很普通，但每個人的內心深處，一定都有一些難以啟齒的事。

「……就算是看似悠哉的人，倘若敲擊他們的內心深處，也會聽到悲傷的聲音。」

「啊？」

引路人聽到我嘀咕這句話，以略帶驚訝的表情回頭看著我。

「有這麼意外嗎？國文課本中有夏目漱石沒什麼好意外的吧？」

「喔喔，原來是這樣，也對啦。」

「啊，但是這句話是國中的理科老師和我們分享的，我們學校並沒有教『我是貓』。」

引路人聽了我這句話，表情比剛才更驚訝。

我搞不懂他的反應為什麼這麼大。

「那位新來的老師很漂亮，我很喜歡那個老師。她在放學前的班會上，告訴大家這句話。」

引路人聽到我的補充說明，瞪大眼睛注視著我。

「怎麼了嗎？」

「不，沒事……」

引路人雖然嘴上這麼說，但他的表情看起來完全不像沒事。

我搞不清楚其中的原因。

「……我因為身體的關係，再加上父母的事，才會對這句話很有感覺。我很羨慕班上的同學為自己喜歡的人不理自己，或是為和父母吵架這種事煩惱，當時聽到老師分享的這句話，改變了原本的想法，覺得在我眼中沒有煩惱的人，也許內心深處仍有某些難言之隱，並不能因為自己有煩惱，就覺得別人的煩惱都不算是煩惱。」

「……是啊。」

引路人深有感慨地輕輕點了兩三次頭。

「文字的力量很驚人，我是在那之後開始寫歌詞。我希望可以藉由文字，把內心的想法傳達給別人，所以可以說，我能夠寫出這首歌詞，都是老師的功勞。話說回來，我猜想全班應該只有我一個學生被這句話打動。」
引路人聽了我說的話，再次緩緩點頭。
然後，他直視著我，溫柔地微笑。
「我們的心意，一定能夠傳達給該傳達的人。」

○

大倉作曲完成後，我們在天亮之前練習對歌，在將近中午時，才來到錄音室，進行最終的細部調整。
我對這首歌很有信心。以前從來沒有任何一首歌曲在練習階段就能夠如此投入感情，而且能夠像這樣在這個世界唱歌，我感到無比喜悅。我相信一定能夠為聽眾獻上「平裝本」史上最棒的歌曲。
傍晚的時候，我們來到成為音樂祭會場的電視台前廣場，工作人員把我們帶到表演者聚集的後台休息室。

最後一次登台表演即將拉開序幕。

實況轉播時間是晚上七點到八點，結束的時間剛好就是我必須離開這個世界的時間。

這次真的是最後了。

這是我人生最後的——

想到這裡，就感到坐立難安。後台休息室有很多表演者，根本無法讓心情平靜下來，於是我走去廁所，想要一個人靜一靜。

「唉……」

我站在鏡子前。以前曾經聽人說，緊張的時候，注視自己，心情就會平靜下來。

但是，我目前緊張到極點，覺得這種行為根本沒有意義。這是因為可以客觀地看自己。

「……沒事。」

雖然我這麼告訴自己，但感受不到什麼效果。我發現自己的手指微微顫抖，於是勉強握緊拳頭。

如果爸爸和媽媽此刻在我身旁，會對我說什麼話？會面帶笑容對我說：「無論發生任何事，我們都會保護妳」，然後送我出門嗎？如果聽到他們這麼對我說，就可以為我壯膽，我的手應該就不會發抖。

但是，現在他們已經無法陪伴我，我必須獨自面對——

當我走出廁所時，在前方的路燈旁發現大倉的身影，但是，站在他身旁的是我最不想見到的人。

「我倒是想問你，為什麼你們這種人也可以來這裡？」

那個人名叫桐澤，是某個樂團的主唱。

「你們這種一看就知道是外行的人，會拉低音樂祭的水準。今天是大規模的音樂祭，還有live轉播。」

我們和桐澤曾經多次在同一家Live house表演，算是認識。雖然他所屬的樂團很受歡迎，但風評很差。他的樂團多次解散，然後從其他樂團挖人，重新組團，而且會在私生活中招惹其他樂團的粉絲，他的傲慢讓人不敢領教。

但是聽說他在業界有很強的後台，這次才組新的樂團不久，就能夠來參加今天的表演，想必也是因為這個原因。

「主辦單位邀請，所以我們才會來表演。」

大倉完全不把桐澤的挖苦放在心上，維持著一如往常的態度說道。

「一定是因為你們一男一女，再加上鋼琴演奏，不是正統的樂團，所以才會邀請你們，還是你在拜託他們時，說你會在轉播時求婚？」

桐澤不屑地說個不停。

桐澤目前的樂團使用電子合成器演奏，所以把使用鋼琴伴奏的「平裝本」視為眼中釘。

「雖然這樣很戲劇化，但我不喜歡在別人面前求婚，求婚當然要在只有兩個人的時候。」

大倉的神情並沒有任何變化，大倉的態度好像惹火了桐澤。

「……你們樂團的主唱不是死了嗎？」

桐澤一臉嘲笑。

「你們要怎麼表演？難道你找了替身嗎？你為了想上電視，不惜做這種事嗎？

太丟人現眼了，我勸你還是乖乖去掃墓吧。」

這時，大倉才終於變臉。

「……幹嘛？」

桐澤發現大倉的表情變化。但是，他的眼神有一絲慌亂。

「美咲今天也在。」

大倉直視著桐澤說。

「啊？」

「她一直和我在一起。」

「哈、嘿嘿嘿……」

桐澤難以理解，歪著嘴笑了。

「你瘋了，你已經神經錯亂了，還是你要說什麼美咲永遠活在我心中這種話嗎？哈哈！」

桐澤發出惹人討厭的笑聲後離去。

只剩下大倉仍然留在原地。

我很想馬上衝出去把桐澤痛打一頓。

但是，我不能這麼做，而且我知道大倉沒有動手的原因。

因為我們無論如何，都必須站在最後的舞台上表演。

大倉的話帶給我莫大的鼓勵。

——她一直和我在一起。

聽到這句話，我的手指不再顫抖。

沒事了。我不再害怕。

我並不孤獨，大倉在我身旁。

平裝本不會輸。

○

「——告訴我那個名字！穿！山！中！耶！穿！山！甲！哇噢！」

音樂祭已經開始了，電視同時開始轉播，整個會場陷入一片狂熱。

目前正在舞台上表演的是一組龐克樂團，接下來是桐澤的團，然後就輪到我們。

「他們好帥啊。」

大倉在舞台旁看著他們，嘀咕道。

剛才在等待期間，聽到很多樂團的表演，目前正在表演的樂團，有某種吸引人的要素。雖然他們的打扮乍看之下像是動漫樂團，但他們的表演爆發著壓倒性的狂熱。

「……穿山甲是什麼？好像是這首歌的名字。」

我滿頭問號，身旁的大倉回答說：

「我剛才在後台休息室和那個主唱聊了一下，好像是一種動物，他說是外形很帥氣的動物，還讓我看了他手機上的照片。他說是一個女歌迷告訴他有這種動物。」

大倉繼續解釋。

「他說那個女歌迷最近很沮喪，所以他特地選了這首歌，想要替歌迷打氣。他在實況轉播這個人生難得的機會上選擇這首歌，妳不覺得很帥嗎？」

「……難怪可以感動別人。」

眼前的樂團絕對想要把某些心意傳達出去，這樣的歌具有強大的力量，充滿能量，所以我們才會被這個樂團的表演深深吸引。

「Thank You！穿山甲！」

他們的表演結束了。

「哇，今天的表演太讚了！嗨，你們也要加油喔！」

桐澤的樂團已經開始在舞台上做準備，剛表演完的龐克搖滾樂團的主唱向我們打招呼。

「謝、謝謝！」

「怎麼樣？我的搖滾有沒有傳到宇宙！？」

他現在一定腎上腺素噴發，情緒很高昂。以前從來沒有在後台休息室遇過這麼情緒激動的人。

「呃，這……」

我不知道該怎麼回答他的問題，大倉在一旁為我解圍。

「剛才超狂熱，我想一定傳達到仙女座星系了。」

「那就太讚了！我也期待你們的歌可以傳到M78星雲！無論誰輸誰贏，都不可以記仇！哇哈哈！」

說完，他揮揮手離開了。

真是很豪邁，不，是很搖滾的人。

「……M78星雲是什麼？」

「那是三分鐘英雄居住的星球，這是常識啊。」

不知道為什麼，大倉很興奮。

「……男生都很喜歡這種特攝電影。」

「不，我對他甘拜下風。」

「你為什麼這麼覺得？」

「聽說他平時在錄影帶出租店打工，看了很多電影，他的專精領域是怪獸電影。」

「還有專精領域……」

穿山甲該不會外表也像怪獸？那個人留著雞冠頭，只有前面一小撮染成金色……

桐澤的樂團已經在舞台上開始表演。

「對妳的愛太滿太滿，變成泡沫溢出杯子……」

聽到歌聲後，再度看向舞台，深刻感受到我們真的馬上就要上台表演了。

接下來就輪到「平裝本」表演。我感受到和剛才不同的緊張，心情激動起來。

這次真的是最後了。這是「平裝本」最後一次表演——

「……大倉先生。」

「嗯？」

「要讓今天成為最出色的表演。」

「嗯，好啊，妳可以不要再用敬語對我說話嗎？」

「啊？為什麼？」

「我覺得既然我們要一起站在舞台上表演，不要這麼拘謹比較好。」

「好的，既然你這麼……」

「還是敬語啊。」
「好啦，知道了啦！」
「這樣就對了。」
恢復平時的說話方式後，我有一種「我真的回來了」的感覺。
「好，要讓今天成為最出色的表演。」
「嗯，只能衝了。」
「這是第一次上電視，也可能是最後一次了。」
「妳在開什麼玩笑？我都已經在練習上『MUSIC STATION』這個節目時，要怎麼帥氣地走樓梯了。」
「你該練習的是鋼琴吧？」
「那倒是。」
回想起來，我們平時也都這樣說話。
「……今天一定會有很多人看到『平裝本』的表演。」
「這可是全國電視台的 live 轉播啊。」

「有人和家人一起看，也有人和朋友一起看。」

「也有人和戀人一起看，或是自己看。」

「……反正有各式各樣的人在看，也有和情人分手的人、結了婚的人、失去了重要的人的人、生了孩子的人、在天堂的人……希望所有這些人，都能夠聽到我們的歌聲。」

「好。」

「我們的心意，一定能夠傳達給該傳達的人。」

○

輪到「平裝本」上台表演了。

眼前有許許多多的觀眾。有男人、女人，大人、小孩。有一家人，也有情侶，所有人的視線都集中在我們身上。

我拿下一直戴著的口罩。大倉此刻在我的身後，坐在鋼琴前。

我用力吸氣。我想充分感受這個會場的氣氛。
這是最後了。這是我能夠停留在這個世界的最後瞬間，是我能夠在這個世界唱歌的最後舞台。這麼一想，甚至很想臨陣脫逃。
但是，要好好體會這個瞬間。
而且，我必須傳達我的心意。
我要透過「平裝本」的歌，傳達這些心意。
大倉可能察覺到我已經準備就緒，輕輕把細長的手指放在鋼琴的琴鍵上。
我接收到他的暗號，把臉貼近麥克風。
我看著前方，再次用力吸氣。
「『再見的彼岸』——」
我一開始就決定了新歌的歌名。
歌詞的拼圖碎片彷彿循著往事的回憶，在整首歌中找到各自的位置。
我自始至終沒有一絲猶豫。
「——時鐘的指針指向八點。」

「平裝本」的最後一次表演開始了。

只要融入這個世界就好。

「——再見的腳步越來越近。」

大倉的音樂和我完成的歌詞相得益彰。

明明昨天晚上才剛完成，卻好像是唱了無數次的歌曲。

大倉的鋼琴聲和我的歌聲交織在一起，在這個會場內融合成一首歌。

「——雖然你對我說『改天見』。」

我從小就罹患心臟病。

父母突然離開這個世界。

「——我卻無法說出口。」

我一直覺得，

為什麼只有我？

為什麼會發生在我身上？

「——我在想，」

但是，我相信正因為是我，才能寫出這樣的歌詞。

如果只有過去的痛苦和不甘，無法寫成一首歌，但是經歷了死亡這種最初，也是最後的體驗，這首歌才終於呱呱墜地。

「——是不是，」

和他人的相遇和離別。

人生的意義和人生的渺茫無常。

「——有更貼切的話呢？」

大倉細膩的鋼琴聲捕捉了每一個字。

每當大倉的指尖碰觸到琴鍵，琴聲就像變成了光的微粒，裊裊飄起。

這些光的微粒把我歌曲的每一個音連結，又重新奏出新的音符。

今天絕對是「平裝本」史上最出色的表演。

沒問題，我們會成功。

我們兩人可以做到——

但是，就在這時——

咦？

麥克風突然沒有聲音。

我的聲音頓時從空氣中消失。為什麼偏偏在這種時候？

桐澤的樂團在我們之前表演，該不會是那個傢伙動了什麼手腳？我看向舞台旁，看到了桐澤卑鄙的臉上浮現得意的笑容。

——絕對錯不了，就是那傢伙幹的。桐澤絕對有辦法在背地裡破壞我們的表演，他一定會說，現場直播當然會發生這種意外，這樣反而會更熱鬧……

大倉不可能沒有發現異常，他邊彈琴，邊看著我。

我們眼神交會。

——啊！

我忍不住像剛才一樣驚訝不已。

他第一次看到我拿下口罩的樣子，而且麥克風又突然沒有聲音，照理說，應該有很多讓他感到茫然的要素。

但是，大倉面不改色，和我完全不一樣。

在他臉上，完全找不到絲毫的不安。
他一如往常。
那是最讓我安心的臉。
他露出好像一口氣喝完番茄汁般滿足的表情，似乎在對我說「不用擔心」。
大倉在進入副歌之前，停止彈鋼琴，向我輕輕揮揮手。
這是暗號。
「——我沒有對你說再見。」
我清唱了這句歌詞。
和昨天說服大倉時一樣，我在完全沒有伴奏的狀態下清唱。
大倉沒有彈琴，舉手為我指揮，他的指尖好像在對我施魔法。
眼前的情景，簡直就像是事先的巧妙安排。
觀眾起初認為出了狀況，但在不知不覺中，被我們打造的這個世界吸引。
我完全沉浸在這個世界中。
明明是在現世，卻有一種我並不在這裡的感覺。

整個人輕飄飄的，好像一旦放鬆全身的力氣，就會飄向空中。

我在宛如永恆的瞬間繼續引吭高歌。

在第一段副歌結束，即將進入最後的副歌時，麥克風的聲音突然恢復。桐澤很驚訝，似乎納悶怎麼可能這麼快就恢復正常。

但是，我看到了。我看到面帶微笑的引路人站在舞台旁。

大倉發現麥克風恢復正常後，再次把手放在琴鍵上。

大倉的琴聲完美地配合我的歌聲。

我們的音樂又再次回到這個世界。

這是我們的歌。

這是「平裝本」的音樂。

這是我們唯一能夠留在這個世界的——

「——溫柔的結束緩緩開始。」

啊啊，為什麼？

我還想繼續站在這裡。

我想一直唱歌。
此時此刻，我感覺到自己活著。
其實我想繼續和大倉在一起。
我很希望擁有能夠一直和大家在一起的幸福未來，就算生活簡樸也心甘情願。
也許我當初提出分手是錯誤的決定。
我擅自放棄了未來。
我不敢追求幸福。
我想獨自面對人生。
明明能夠見到想見的人是如此美好。
明明身旁有人陪伴這麼幸福。
我想，這就是活著——
「——我即將入睡。」
我想最後一次看著大倉彈鋼琴的樣子。
「——但是，我會持續做幸福的夢。」

但是，現在這個時間點，我無法回頭看。

「——如果可以在再見的彼岸看到你，我要說什麼？」

我喜歡的人在我的身後，彈奏著我最喜歡的歌曲。

「——謝謝你和我愛你。」

我真希望可以多看他幾眼。

「——如果有一個世界，可以只用這三個字迎接結局。」

我希望可以繼續唱下去。

「——那將多麼美好。」

我還想繼續活下去——

○

時針毫不猶豫地向八點前進，細長的時針前端顯示我所剩下的時間不多了。

壓軸的樂團正在台上表演，我們回到後台休息室。

雖然只唱了一首歌，而且沒有唱整首歌，只唱了一半，卻好像一個人唱完了整場演唱會般疲憊不堪。

我投入所有的感情，我全心全力唱出這首歌。今天的表演沒有任何遺憾，我用盡了全身的每一個細胞。

大倉似乎也是，他癱坐在後台休息室的椅子上。

「美樹。」

「嗯？」

「太完美了。」

大倉笑著說。

「對，超完美。」

「桐澤那傢伙站在舞台旁，看起來超懊惱的。」

「沒錯。」

「雖然他的計謀失敗了，但搞不好桐澤的樂團會因為『後門力』爆none而獲得冠軍。」

「後門力這個字眼聽起來太好玩了。」
「我們不用回會場吧？」
「我也不知道。」
「應該不用，反正冠不冠軍根本不重要。」
「我們完成了出色的表演。」
「而且不想再看到後門力桐澤的臉。」
「你竟然發明後門力桐澤這種超猛的字。」
我們鬥著嘴，然後同時笑了起來。一方面是因為緊張已經消除，我們在後台休息室內放聲大笑。
我們從剛才開始，就像以前一樣，你一言，我一語，聊得不亦樂乎。
眼前所有的一切都充滿懷念。不知不覺中，我們周圍充滿了往日的氣氛。
「我說美咲啊……」
「啊？」
——但是，就在這個瞬間，周圍的氣氛不一樣了。

「啊，不是，我說錯了，妳是美樹……我在說什麼啊……」

大倉馬上改口。

但是，他的雙眼仍然帶著迷惑的眼神。

「妳在舞台上唱歌的樣子太像美咲了……」

大倉又接著說道。

我不知道該如何回答。

剛才拿下的口罩，又重新戴回臉上。

「那個……」

如果可以，我很想拿下口罩，拋開一切，然後把所有的真相都告訴大倉。

但是，一旦我這麼做，就會馬上結束。在我向大倉表明正身的瞬間，我就會消失不見。

雖然我知道時限慢慢逼近，但我很希望可以多一秒和他相處的時間……

「……我是說，美咲告訴我很多關於你的事，我聽說你之前曾經對美咲說，有重要的事要告訴她，請問是什麼事？」

一方面是想要轉移話題，我問了之前就一直很好奇的事。
沒想到我因為這個問題發現了意想不到的事實。
「我原本打算向她求婚。」
「啊？」
他的回答太出乎意料，我無法馬上理解這句話的意思。
求婚？大倉向我求婚？
「你、你們最近不是沒有交往嗎？」
「是啊，所以我們的音樂路也不太順利，我認為這樣下去不行，但我無法想像我們之後分道揚鑣，有各自不同的人生，既然這樣，只要和美咲結婚，我們就可以一直在一起了。」
我一直認定他要和我說解散「平裝本」的事。
做夢都沒有想到大倉想要和我說的是這件事。
「我……」
我想回答，卻說不出話。

「怎麼了？」

雖然我戴著口罩，但慌忙遮住臉。

我很清楚，我幾乎快眉開眼笑了。

我拚命忍住。

我已經死了，無法回應大倉的這份心意。

為什麼這份幸福來得有點諷刺？

為什麼在最後的最後關頭，會發生如此天大的好事？

就像童話故事一樣，結局都很美好。

只不過，我無法迎接幸福結局。

因為我的故事，其實已經結束了。

額外獲得的最後時光，剩下不多了。

掛在牆上的時鐘時針，即將指向晚上八點。

七點五十七分。

——我能夠留在這個世界的時間，只剩下三分鐘。

和某個英雄一樣。

「……美咲告訴我，在高中時，你向她告白那一次，她真的很高興。雖然她做夢也沒有想到，你竟然會在大猩猩的籠子前告白。」

「那一次，我實在無法克制內心突然湧現的心情，就像溢出杯子的泡沫。」

「你不要剽竊後門力桐澤的歌詞。」

我們又一起大笑。

即使已經到了最後，大倉還是老樣子。不，只有我知道現在是最後的最後了，大倉並不知道我很快就會消失。

剛才在舞台上時，我希望可以永遠停留在那一刻，現在同樣希望大倉直到最後一刻，都保持他原來的樣子。

我希望他就算聽到「隕石會在三分鐘後撞到地球」，他仍然能夠和平時一樣淡定。

因為大倉一如往常的樣子，最能夠令我感到安心。

七點五十八分。

——只剩下兩分鐘。

「對了，以前國中的時候，美咲失去父母時，是你陪伴在她身邊，之後，就一直守護著她。她在國中溺水時，是你救了她；在高中時，又用過肩摔擊退跟蹤狂，她上大學的時候，你又幫她抓住色狼。美咲說，很高興你救了她……」

我只是想把內心的感謝告訴大倉。

謝謝他讓我能夠在最後時刻，登上舞台表演，謝謝他從小時候認識至今的一切。

我想要借美樹之口，傳達這份感謝。

沒想到，大倉說了出人意料的話。

「……關於這件事，有些地方要更正一下。」

「要更正一下？」

「大學的時候，的確是我抓住了色狼，但是美咲在國中溺水時，有人搶先一步救了美咲。那是一個穿連帽衫的女人，她的帽子遮住臉，我沒看到她長什麼樣子，我只是在那之後照顧美咲……我根本不會游泳，所以昨天不想太靠近海灘。我有點怕大海，就算不是晚上也一樣。」

「那倒是……」

我想起昨晚大倉選擇離大海有一點距離的地方。在我的回憶中，也從來沒有看過他游泳。既然他不會游泳，那當然不可能救我……

但是，那到底是怎麼回事？

我努力在記憶中尋找，但我在溺水後失去意識，完全想不起那個女人。

「美咲在高中遇到跟蹤狂時也是，當時她逃走了，所以不知道當時的狀況，用過肩摔摺倒對方的不是我，而是一個戴口罩，身材壯碩，看起來像摔角選手的大叔。我只是在他之後，趕到美咲的身旁……」

「這樣啊……」

又出現了另一個人。

而且這次是男人。

「我之前都沒有向美咲提起這件事，因為那個女人和那個大叔都對我說：『就當作是你救了美咲，而且希望你以後好好照顧她。』」

「希望你好好照顧她……」

難道救了我的那兩個人是——

七點五十九分。

——還剩下一分鐘。

「……大倉先生。」

「嗯？」

「就算是這樣，你仍然一直陪伴在美咲身旁。」

這是我的真心話。

那是我對大倉最純淨、最純粹的感情。

「妳這麼說，我好害羞。」

此時此刻，我只想把內心滿溢的這些感情、這些感謝告訴大倉。

——還剩下五十秒。

我在大倉面前拿下口罩。

「……大倉。」

「啊？」

「謝謝你至今為止的一切。」
「……至今為止？」
——還剩下四十秒。
「有你在，我並不孤單寂寞。」
「孤單寂寞……」
「希望你從今以後，還是保持你原來的樣子。」
——剩下三十秒。
「但是，不要整天喝番茄汁。」
「妳……」
「多保重，以後還是要繼續創作你熱愛的音樂。」
——剩下二十秒。
「我真的很慶幸遇見了你。」
「果然……」
「我從來沒有想到，你帶給我這麼大的幸福。」

——剩下十秒。

「大倉，謝謝你。」

「美咲……」

「我愛你。」

時針指向晚上八點——

○

美咲回到了再見的彼岸，臉頰被淚水濕透。

美咲不知道那究竟是喜悅的淚水，還是悲傷的眼淚。

但是，她內心深處充滿了溫暖的幸福感。

「……對我來說，那根本是超完美結局。」

「……那真是太好了。」

眼前的引路人用溫柔的語氣說。

「……我在最棒的舞台上唱歌，也有好好地向大倉道別。這一切都要歸功於你安排的最後一面……引路人先生，謝謝你，你還幫我解決了麥克風的問題。」

「我並沒有做出什麼了不起的事，是妳從頭到尾都努力自己做出選擇，所以才有如此美好的最後一面。」

引路人靜靜地微笑著。

美咲提到剛才和大倉聊天時，第一次發現的事。

「……而且我太驚訝了，在我國中和高中時，原來是我的爸爸和媽媽保護了我。」

引路人露出微笑，似乎在肯定美咲所說的一切。

對美咲來說，這樣就足夠了。

原來爸爸和媽媽一直守護著她。

然後，大倉接過了接力棒。

「……我的人生雖然很短暫，但是很美好的人生，一直有人在我身旁守護我。」

「那是最美好的事。」

引路人感同身受地發自內心一笑。

「而且，我做了所有自己想做的事，直到最後都加快腳步，充分珍惜每一天的生活。」

「美咲，其實我和妳的想法完全相同。」

「你和我的想法相同？」

引路人說的話太出乎意料，美咲瞪大眼睛。

她難以想像悠哉的引路人加快腳步的樣子。

「有這麼意外嗎？」

引路人面帶笑容說道，似乎在用昨天提到夏目漱石的那句名言時，她所說的話回敬她。

「是啊，有點意外。」

美咲笑著回答，引路人告訴她答案。

「我希望細細品味生活，好好珍惜每一天。」

「原來是這樣……」

美咲聽了引路人的話，有一種被點醒的感覺。

一種是在人生中加快腳步，嘗試所有自己想做的事。

另一種是細細品味每一天的生活。

兩種生活方式看似相反，但實質上沒有太大的差別。

人生一旦開始，就會有結束的一天，他們只是用各自的方式，珍惜每一天。

「……引路人先生。」

「怎麼了？」

引路人似乎認為她想要提問。

「……謝謝你讓我重生。」

引路人聽聞這句意外的話，微微歪著頭納悶。

「什麼意思？我只是為妳引路……」

美咲又繼續說道。

「活著，不就是和別人建立關係嗎？」

「和別人、建立關係……」

「對啊，因為死了之後，就沒辦法和別人說早安和晚安，也不能說我出門了，或是我回來了。就算活在世上，如果像透明人一樣，不和任何人建立關係，別人也不知道他的存在，就好像根本沒有活著……」

美咲直視著引路人說：

「……我在舞台上唱歌時，雖然心情很愉快，但是如果沒有聽眾聽我的歌，沒有大倉為我彈鋼琴，就完全沒有意義。」

美咲沒有中斷。

「我認為活著，就是和別人建立關係，別人意識到自己的存在，才算是活著，所以，我覺得自己獲得了重生。和別人見面聊天、共度時光是多麼寶貴，而且心愛的人在自己身旁原來是這麼幸福的事。我的人生隨時都有人陪伴，雖然比我想像中更短暫，但我覺得是美好的人生……」

美咲說到這裡，發現了一件事——

「……引路人先生，你為什麼要哭？」

當她發現引路人在流淚時，淚水順著她的臉頰滑下。

「……不知道，眼淚自己流了下來。」

雖然美咲擦著眼淚，但眼淚還是不停地奪眶而出。

「……美咲，妳又是為什麼流淚？」

「……你問我，我也不知道啊。」

兩個人都淚流不止。

這些淚水一定包含著喜悅、悲傷、幸福和痛苦，包含所有的一切。

最後的門出現在他們眼前。

接下來就是真正的離別了。

最後的道別——

「美咲，妳的歌會繼續留在現世，大家都不會忘記，也意味著，妳和所有心愛的人的關係，將會一直、一直……留下來……」

引路人努力擠出聲音對美咲說。

「是喔，你說得對……」

美咲輕輕點頭。

她站在最後那道門前，轉頭看向引路人後，微笑著說：

「這就是所謂的永遠活在別人心中。」

美咲露出幸福的笑容後，打開了最後的門。

第五話　漫長歲月

「你想和誰見最後一面？」

谷口健司完全不瞭解眼前的狀況。他在這個不可思議的空間內醒來，但在半夢半醒之中，甚至覺得自己還在做夢。自己在夢中做夢，然後醒來，所以現在仍然在夢中。他覺得這麼想比較自然。

「谷口先生，我在問你……」

剛才發問的男人有點急躁地再次詢問谷口。

那個男人自我介紹說是引路人。谷口眨眨眼睛，再次看著眼前這個男人的臉。

「不好意思，我還有點搞不清楚狀況……」

谷口滿臉歉意地鞠躬，引路人並沒有表現出明顯的厭惡，用習以為常的語氣改變了問題。

「你知道你為什麼會來這裡嗎？」

「我就是搞不清楚這件事，我記得剛才還走在路上……」

谷口在說話時努力回想起，然後突然叫道：

「啊！對了，那位小姐！她沒事吧？！」

谷口想起一件事問道。剛才在他面前發生緊急狀況。他看到一名女子在夜晚的路上遭到暴徒攻擊，奮不顧身地上前救人，然後就在中途失去意識。

「那位小姐平安無事，而且歹徒已經落網。」

「太好了，真是太好了，終於轉危為安……」

谷口露出心滿意足的笑容，但引路人帶著歉意。

「問題是你並沒有平安無事，也沒有轉危為安……」

「啊？我嗎？」

「谷口先生，你已經死了。」

「什麼？」

谷口似乎真的沒想到自己死了，驚叫出聲。

然後重複和剛才相同的話。

「我嗎？」

◆

「很少有人像你這麼遲鈍，大部分人都會察覺自己死了……」

「以前別人就經常說我少根筋，哈哈……」

谷口輕輕一笑，似乎想要掩飾內心的害羞，但他的笑聲漸漸變得很乾。

「這樣啊，原來我已經死了……」

他的笑容消失在遠方。

接著他好像回想起什麼重要的事，低喃著一個名字。

「葉子……」

那是谷口最愛的女人。

「對不起……」

葉子在谷口的回憶中，始終面帶笑容——

谷口二十八歲，葉子二十五歲時，他們結了婚。

他們是在職場——本地的郵局相識。谷口對她一見鍾情，只不過他並不是那種會積極追求女生的人，認識半年之後，才開口約她吃飯，而且他第一次開口邀請，就被葉子拒絕了。

谷口反省之後，覺得一開始就約吃飯似乎難度太高，於是就在下班後約她一起散步。葉子答應了。第一次散步時，葉子告訴他，上次拒絕他吃飯的邀約，是因為那天剛好要為家人慶生。上次之所以沒有告訴他，是因為葉子還來不及開口說明，谷口就垂頭喪氣地離開了。

那次之後，雖然他們沒有特別約定，但很自然地每週散步一次。星期一是他們的散步日。

久而久之，每週一的散步變成了每週一、二，接著又增加為每週一、二、三，最後變成每天都一起走兩站的路程散步回家。

在他們相處了三個月後的某一天，谷口問葉子：

「下次要不要一起去吃飯？」

葉子聽到他這麼問，笑著回答說：「你終於開口約我了。」

又經過三個月，谷口向葉子表達心意。在不知道第幾次吃完飯後，他們像往常一樣，並肩走在兩個車站距離的散步路上。

在斑馬線前等紅燈時，谷口突然伸出手問：

「妳願意一直走在我身旁嗎？」

谷口說完之後，才發現這句話聽起來像求婚。

葉子也沒有馬上回答。

太性急了……谷口覺得自己太衝動，做了不像是自己會做的事。

但是，葉子開口。

「綠燈了。」

她說完這句話，浮現微笑，然後輕輕握起谷口懸在半空的手。

這就是她的回答。

谷口緊緊握住葉子的手，葉子用力回握。

然後，他們就在一起了。

谷口和葉子很快就結婚，習志野的舊公寓成為他們的新居。

——他們一起生活了兩年左右，但婚姻生活突然被畫上句點。那天，葉子身體不舒服，晚上吃了谷口特製的雞蛋粥後躺在床上。

電視上正在播出考驗直覺和聯想力的猜謎節目。

葉子並沒有看電視，谷口獨自坐在電視前，絞盡腦汁猜謎。

這時，葉子小聲地說：

「……我想喝點甜甜的東西。」

谷口聽到葉子這麼說，立刻丟下猜謎節目，換衣服準備出門。

「妳想喝什麼呢？紅豆湯嗎？還是可可？」

「嗯，我也不知道，沒有明確的想法。」

「那沒關係，我慢慢走去附近自動販賣機，一路上幫妳想出最好喝的飲料。」

「那就拜託了。」

「妳就慢慢躺下，繼續休息吧。」

谷口躡手躡腳走下公寓樓梯，以免老舊樓梯發出的聲音吵到其他住戶。

自動販賣機離家並不遠。要買什麼甜甜的飲料呢？他和剛才在看猜謎節目時一樣，絞盡腦汁思考。

葉子很少提出這種要求。谷口覺得走到自動販賣機前再考慮也不遲。雖然葉子臨時請他跑腿，但他內心有一種幸福的感覺。他走在路上時，忍不住哼著當時的流行歌曲。

「要買什麼呢……」

自動販賣機在黑暗中亮著燈，他站在販賣機前，瞪著裡面的飲料。

他想了一會兒，終於決定好要買的飲料時，聽到不遠處傳來的聲音。

——發生什麼事了嗎？

他走向聲音傳來的方向，看到一名女子雙手撐在地上。

起初他不知道發生了什麼事。

就在這時，他看到路燈的燈光下，一個高大的男人準備伸手去抓那名女子。

「喂！你想幹嘛？」

谷口沒有絲毫的猶豫。

當他回過神時，發現自己已經像箭一樣衝過去，擋在女人面前。

那個高大的男人立刻把手伸進胸前口袋。

然後，亮出一把刀子。

下一剎那，那把刀子刺進了谷口的腹部——

女子大聲尖叫起來，那個男人拔腿就逃。

「……來、來人啊！救、救護車！」

谷口聽到女人的聲音越來越小。

他的視野漸漸模糊。

谷口逐漸失去意識，最後浮現在他意識中的是葉子的臉。

那是妻子在平淡無奇的日常生活裡，在熟悉的風景中的柔和笑容。

不知道為什麼，蹲在地上的谷口在回想起葉子的臉龐後，露出了笑容。

這就是谷口的臨終——

——此刻，他便已在引路人面前。

谷口回想起一切之後，陷入極度絕望。

自己再也無法回到葉子所在的那個世界。當他得知自己離開人世後，就連指尖都顫抖起來。

他的生命就這樣輕而易舉地結束。

他做夢都沒有想到，自己的人生會突然落幕。

「……我想起來了，我的確已經死去。」

「沒錯。」

引路人大力點頭。

谷口很想說，這一切都搞錯了，但是，所有的記憶都很鮮明清晰，他無法反駁這些事實。

引路人向他豎起食指，似乎在對他說，剛才的話還沒說完。

「你還有最後一線希望。」

「最後一線希望？」

「你在最後，可以回到現世，去和想見的人見最後一面。」

谷口聽到引路人的這句話，立刻回答說：

「請讓我去見葉子。」

他沒有一丁點遲疑。

除此以外，沒有其他選項。

但是——

「很遺憾，沒辦法。」

「為什麼！」

谷口氣勢洶洶地問，和前一刻判若兩人，引路人皺起眉頭回答說：

「……你只能去和還不知道你死去的人見面。」

「只能和不知道我死去的人見面……啊，所以葉子已經……」

「對，你已經死了一個星期，葉子太太已經以喪主的身分，為你舉辦了葬禮。」

「怎麼這樣……」

這太難以接受。

最後的希望落空。對谷口來說，這非但不是希望，反而把他推入絕望的深淵。

「……能不能想想辦法？」

「……這是規定。」

「我就是在拜託你，能不能通融一下，不要遵守這個規定？如果我堅持要去見葉子，會有什麼結果？」

「在見到她的瞬間，你就會消失，可能連一句話都來不及說。」

「為什麼會這樣……」

谷口難以接受，他說不出話，聲音沙啞，但是，他仍然費力地擠出聲音說：

「沒有其他方法嗎？有沒有偷吃步的方法？」

「如果你真的要去見那個人，恐怕很困難。如果假扮成別人，對你來說就失去了意義，更何況不知道這種方法是否能夠成功……」

「是啊，如果假扮成別人去見葉子就沒有意義了，我想用這雙手，再次擁抱葉子！沒有其他方法了嗎？有沒有像是通過上天的幾個考驗，就可以讓我重生之類的方法？」

「……很遺憾，並沒有。」

「拜託你，我願意做任何事。只要能夠再次見到葉子，即使是地獄，我也可以去走一趟……！」

「……谷口先生，對不起。」

谷口說破嘴皮，引路人沒有提出任何令他滿意的答案。兩個人的談話完全沒有交集。

「……谷口先生，你還有沒有其他想見的人？如果你想不出除了葉子太太以外的人，就無法走過最後的門，迎接投胎轉世。」

「……就算你這麼說，我還是想不出要見誰。」

谷口的回答還是和剛才一樣。

「……而且，我現在並不想投胎轉世。」

谷口並不是固執。

他是真心這麼想。

「我的妻子葉子，是我發自內心想見最後一面的人。」

「……那真是傷腦筋啊。」

引路人似乎真的很為難。

於是，引路人提議。

「你可以在這裡繼續想一想嗎？也許可以想到其他理想的方法。你在這裡的話，不會有其他人過來。」

「謝謝你，那就這麼辦，給你添麻煩了。」

「別放在心上，只要你能夠想出自己可以接受的答案就好，那我會在適當的時候再來這裡找你，我必須先為其他人引路。」

引路人說完這句話就消失了。

谷口獨自留在空無一物的空間內。

於是，他試著回想生前遇見的人。

但是，最先浮現在眼前的還是葉子的臉，除了葉子以外，他完全想不到其他人。

◆

兩天後，引路人又出現在他面前。

「已經過了四十八個小時，你有沒有想到誰？」

「不，還沒有。」

引路人可能已經預料到他會這麼回答，因為谷口的神情和兩天前完全一樣。

「……你要再想一下嗎？」

「好，我會努力。」

「不知道該不該說是幸運，你已經死了，在這個空間並不會飢餓，不必擔心。」

「這裡似乎很適合思考。」

「那就太好了，我真心祈禱你趕快想出好方法。」

◆

引路人說完後再度消失。一個星期後，引路人又出現在谷口面前。

「谷口先生，好久不見，我想你應該已經有結論了吧？」

「其實並沒有……」

「……這樣啊。」

引路人有些失望。

谷口雖然很認真思考，但遲遲想不出答案。

「不知道該不該說是不幸，你已經死了，在這個空間內並不會想睡覺，就會一直思考，但請你不要想太多了。」

「不，我很慶幸有很多時間思考。」

「……那真是太好了，那我下次等到你有答案時再來。」

◆

——一個月後。

三十天。七百二十個小時。

普通人在空無一物的空間獨自生活這麼長的時間，十之八九會發瘋，但是引路人現身後，發現谷口一臉若無其事。

「好久不見……原本想說這句話，但這句話在一個星期的時候已經用過了。我不知道隔了一個月沒見面時要說什麼。谷口先生，你的身體別來無恙吧？」

「是，如你所見，我活力滿滿，健康得不得了。啊，雖然我已經死了。」

谷口的樣子的確和之前沒什麼兩樣，難以想像他一直獨自在這裡。

「……那就來聽聽你的答案。請問你想和誰見最後一面？」

「葉子。」

谷口不加思索地回答。

「……」

「我的回答並沒有改變。」

「……真傷腦筋，我發自內心覺得傷腦筋。」

引路人已經不是失望，而是感到無奈。

「你獨自在這個空無一物的地方持續思考，比身處地獄更加痛苦。」

「對不起，造成你的困擾。」

「不，你對我造成的困擾微乎其微，但是我真的很傷腦筋，至少希望我下次來這裡時，你已經想出答案。」

「是啊，我會盡量努力。」

「……那就拜託了。」

◆

——三個月後。

「谷口先生，你想出答案了嗎？」

「沒有。」

「你最後一面想見的人……」

「是葉子。」

「……這樣啊。」

引路人有點垂頭喪氣地離去。

◆

——半年後。

「谷口先生，你想見的人……」

「是葉子。」

「……我改天再來。」

引路人這次沒有多問，就轉身消失了。

◆

——一年後。

「谷口先生，已經一年了，你想見的人……」

「是葉子。」

「嗯。」引路人點點頭，然後離開。

◆

——三年後。

「谷口先生，你想見的人還是葉子太太嗎？」

「對。」

◆

——十年後。

「……谷口先生，你想見的人——」

「是葉子。」

「我就知道，不用問就知道答案了。」

經過十幾年，谷口的外表沒有任何改變。在這個空間，並不會因為時間的推移而變化。

「谷口先生，我和你打交道超過十年，總覺得好像和你變成了朋友。」

引路人的外表也沒有改變，如果硬要說有什麼改變，就是引路人對谷口說話的語氣和以前不一樣了。

「我覺得我們之間的關係很不可思議。」

谷口聽了引路人的話，從容不迫地微笑。雖然過了十幾年，但谷口的內心和外表一樣，完全沒有不同。

「話說回來，我第一次遇到像你這樣的人，正常人絕對無法忍受這樣的生活。這根本是地獄、地獄，無間地獄。」

「也許我不是正常人。」

谷口說完這句話，再度微笑。

谷口至今為止，從來沒有對現狀表達過任何不滿或是怨言，似乎證明了他說的這句話。引路人原本打算只要谷口出現任何顯示他已經撐不下去的異常狀況，就會立刻趕來這裡。引路人隨時都很關心谷口的狀況，只不過這十幾年來，引路人完全沒必要這麼做。

這一天，引路人基於某個原因，再次出現在谷口面前。

──他有一個提議。

「……谷口先生，我問你一件事。」

這個提議完全出乎谷口的意料。

「──你想不想成為引路人？」

「啊？」

「你想不想代替我成為引路人？我差不多該功成身退，迎接投胎轉世了，正在找接班人，像你這麼有忍耐力的人很適合這個工作，畢竟有時候會有一些古怪的人來這裡。」

「你是說……像我這樣的人吧？」

「沒錯，就是這個意思。」

引路人大幅度點頭，兩個人都笑了起來。

「你願意接受嗎？」

引路人停頓一下之後，意味深長地說：

「……雖然你會在這裡等很久。」

「在這裡等很久……」

引路人為什麼提出這個提議？說起來，這件事太不可思議了。但是，即使是向來很遲鈍的谷口，仍意識到了引路人的深意。

「……請務必讓我接手。」

谷口意識到，引路人是為了他著想，才要求他接下這份工作。

他當然沒有理由不接受引路人的好意。

「太好了，我就知道你會這麼說。」

引路人揚起從來不曾見過的爽朗笑容。

「啊，對了，成為引路人之後，每次只要完成引路工作，就可以得到想要的東西作為報酬。谷口先生，你有沒有想要什麼？」

「原來是這樣……」

谷口沒有想太久，就說出了答案。

那天，在葉子的拜託之下，出門想要買的東西——

「我想要兩罐 Max 咖啡。」

「……Max 咖啡？只要這種東西就好？你可以要求奢侈的東西。」

「當時我正在跑腿。」

「你這個人真節儉啊，一個人在這裡思考超過十年，竟然想要這種東西，簡直古怪得出奇。」

「對，沒錯，我這個人不僅古怪，而且忍耐力很強。」

引路人噗嗤一笑，谷口拍著手笑了起來。

他們看起來就像是十幾年的老朋友。

「……那從今天開始，谷口先生，你就是引路人。」

「好，我會努力。」

「你不必太努力，做這份工作，我行我素更好。」

「那是我很擅長的事。」

「你真的從頭到尾都很我行我素，不知道該說是悠哉，還是不食人間煙火，你真的很適合成為引路人，一定能夠好好守護來這裡的人。」

引路人說完這句話，打個響指。

這時，眼前出現一道白色的門。

「谷口先生，那就請你多保重。遇見你之後，我有了很多新發現，和別人相遇的確是一件有趣的事。」

「是啊，我也沒有想到，在死後竟然還可以認識你。引路人先生，你也要多保重。」

接著，谷口帶著滿腔的感謝，對引路人說了最後一句話。

「萬分感謝，謝謝你直到最後一刻的照顧……」

他因找不到感謝以外的話而焦急。

「……這不是最後，對你來說，這才是開始。說起來太不可思議了，我從來沒有想到會有人為我送行。谷口先生，『謝謝』才是我最後要說的話——」

◆

新的引路人——谷口為這個一無所有，沒有名字的乳白色空間取名為『再見的彼岸』。人們在向現世說再見後，才會來到這裡，因此他認為這個名字很貼切。

他在這裡為各式各樣的人送行。起初他不知道該怎麼做，曾經手忙腳亂，但他都誠懇真摯地為來到這裡的人引路。

谷口的外貌並沒有變化，但是不知道為什麼，他的頭髮漸漸變成白色，也許他滿頭的白髮代表流逝的漫長歲月。

身為引路人，無論為多少人引路，他都清楚記得每一次，覺得好像是昨天發生的事。

回想這一個月內引路的對象，都在他記憶中留下特別的印象。

中學的理科老師彩子的最後一面充滿了愛。

漆器工匠的兒子山脇，在最後終於消除和父母之間的心結，變成一個坦誠的人。

名叫幸太郎的貓，在最後向最愛的主人道別。

歌手美咲在最後把歌曲留在這個世界，也讓他明白和別人之間的關係有多麼重要。

所有的生命都同樣美麗。

所有的生命都同樣寶貴。

同時，所有的生命都很脆弱。

谷口一次又一次瞭解到這些事。

他知道任何人都無法知道意外和明天，哪一個會先到。

任何人都不知道什麼時候會見不到自己想見的人。

即使想要見對方，可能永遠都見不到了。

所以，不要讓每天的生活中有任何遺憾。

在心愛的人面前必須坦誠。

他希望把這些話牢記在心，傳達給其他人。

在經歷無數次的相遇和離別後，宛如一陣春風吹來，谷口終於和發自內心想要見面的人重逢了。

「你是……」

送走美咲後，又有一個女人來到再見的彼岸。

她的年紀大約七十歲左右。

當她醒來，一看到谷口的臉，立刻脫口而出。

女人的頭髮花白，眼尾的細紋更襯托出她整個人的柔和氣氛。

聽到女人這麼說，谷口這才發現。

雖然她的容貌和以前大不相同，但聲音幾乎沒有改變。

「葉子……」

出現在眼前的女人。

這個女人正是谷口生前的妻子谷口葉子——

當時，上一代引路人的提議有一個真正的目的。

那就是無論如何，都要讓他和妻子葉子再見一面。

上一代引路人將這份工作交給谷口，讓葉子有朝一日來到這裡時，他們能夠再次見面。

這是上一代引路人用十幾年的時間，最後一次為谷口引路。

谷口回應了上一代引路人的心意，獨自在這裡度過漫長的歲月。

只為了能夠身為葉子的丈夫，再次和葉子說話。

同時，能夠用自己的雙手，緊緊擁抱葉子。

谷口不知道葉子什麼時候會來這裡。

不知道將經過多少歲月。

但是，谷口仍然以引路人的身分，持續在這裡等待。

然後，他終於迎來引頸期盼的這一刻。

葉子就出現在他眼前。

這時，距離谷口離開人世已經經過了四十年的漫長歲月——

「……我這麼老了。」

谷口的外表仍然和離開人世的三十歲時一樣。

歲月只有在葉子身上留下痕跡，她六十七歲了。

「……妳一直沒變，和以前一樣。」谷口緩緩搖搖頭。

「……但是我讓你等了這麼久。」

葉子注視著谷口的一頭白髮說道，谷口用他的口頭禪回答說：

「我並不討厭等待。」

他帶著平靜的表情繼續說：

「而且我的學長還稱讚我很有忍耐力。」

接著，他從胸前口袋裡拿出了什麼東西。

「而且，我才讓妳等得太久太久了。」

那是兩罐Max咖啡。

他把其中一罐交到葉子手上。

「……真是的，你到底跑去哪裡買？」

葉子輕輕一笑。

谷口看到葉子柔和的笑容，也浮現了滿面笑容。

回顧這四十年，發生了很多很多事。

最初十幾年，他獨白在這個空間內。

雖然他並沒有說出口，但內心始終充滿了不安。

接著，他接了上一代引路人的班，開始引路人的生活。

起初他曾經徬徨，不知道自己是否能夠扛起這份重責。

因為只有谷口一個人在再見的彼岸這裡。

但是，造訪這裡的人和新的相遇，拯救了谷口。

他曾經遇到很多人。

也經歷無數次離別。

他從那些人身上明白一件事。

無論有再大的困難，每個人最後都會選擇和心愛的人見面。

每個人都一樣。

谷口自己也是。

因為心愛的人在自己身旁，是無比幸福的事——

「……我有一句話一直想要對妳說。」

谷口注視著葉子的臉，露出微笑。

「葉子，我回來了。」

葉子聽到他這句話，以柔和的笑容回應，眼尾的細紋變得更深了。

「健司，你回來了。」

然後，他們緩緩擁抱，彷彿要彌補至今為止的漫長歲月。

——谷口今天也在再見的彼岸等待。

他爭取到一點時間。

這是和葉子共度的時間，他以引路人的身分留在這裡。

他留在這裡，不讓造訪這裡的人感到寂寞。

他留在這裡，讓造訪這裡的人能夠去和想見的人見最後一面，不留下任何後悔。

他的口袋裡準備著兩罐Max咖啡。

又有新的人來到了再見的彼岸。

引路人谷口等那個人醒來之後，緩緩說出了那句話：

「想和誰見最後一面？」

——終——

144

再見的彼岸

さよならの向う側

再見的彼岸/清水晴木作；王蘊潔譯. -- 初版. -- 臺北市：春天出版國際文化有限公司, 2024.02
面；　公分. -- (春日文庫；144)
譯自：さよならの向う側
ISBN 978-957-741-805-0(平裝)

861.57　　　113000158

ISBN 978-957-741-805-0
Printed in Taiwan

作　　者　清水晴木
譯　　者　王蘊潔
總 編 輯　莊宜勳
主　　編　鍾靈

出 版 者　春天出版國際文化有限公司
地　　址　台北市大安區忠孝東路4段303號4樓之1
電　　話　02-7733-4070
傳　　眞　02-7733-4069
E－mail　bookspring@bookspring.com.tw
網　　址　http://www.bookspring.com.tw
部 落 格　http://blog.pixnet.net/bookspring
郵政帳號　19705538
戶　　名　春天出版國際文化有限公司
法律顧問　蕭顯忠律師事務所
出版日期　二〇二四年二月初版

定　　價　320元

總 經 銷　植德圖書事業有限公司
地　　址　新北市新店區中興路二段196號8樓
電　　話　02-8919-3186
傳　　眞　02-8914-5524
香港總代理　一代匯集
地　　址　九龍旺角塘尾道64號 龍駒企業大廈10 B&D室
電　　話　852-2783-8102
傳　　眞　852-2396-0050